大漠情深

我和我的中国朋友

大漠情深

我和我的中国朋友

中国建筑股份有限公司埃及分公司 编

IPG
China Foreign Languages
Publishing Administration
中国外文出版发行事业局

外文出版社
FOREIGN LANGUAGES PRESS

序言一

金字塔与长城呼应　尼罗河与黄河合唱

　　埃及和中国都是历史悠久、文明灿烂、正在全力推进现代化的发展中国家，古老的丝绸之路将我们两个伟大的国家紧密地联系在一起。两国人民在古代建造的许多大型建筑都代表着当时最高的科技水平，至今仍然展现出无穷的魅力。我们两国的孩子们从教科书里就知道：金字塔是人类最古老的大型建筑，有着五千年的辉煌历史，至今依然屹立不倒；万里长城是世界上最长的城墙，也有数千年的历史。

　　航天员告诉我们，他们在飞船上用肉眼看到的最明显的建筑是长城，最容易识别的地标是金字塔。这两座建筑是两国人民勤劳和智慧的结晶，也是两国文明对人类的巨大贡献，如今都是全世界游客喜欢游览的名胜古迹。

　　从古到今，埃及的建筑一直享誉全球。除了金字塔之外，还有卢克索神庙、阿布辛贝勒神庙、古亚历山大灯塔，以及现代的苏伊士运河、阿斯旺水坝、新亚历山大图书馆等，还有正在建设的埃及新行政首都。

　　几年前，埃及政府推出了"埃及2030年愿景"计划，旨在全面快速地推进埃及现代化进程。这个计划包括建设17座新城市，其中新行政首都的建设规模最为庞大。埃及政府推进这个计划的时候，在一些重点项目上与中国展开了深度合作，比如在沙漠中建设的新行政首都、地中海沿岸的阿拉曼新城、连接开罗和新行政首都的斋月十日城铁路轻轨线等项目。

埃及新行政首都是一个非常宏伟的项目，旨在减轻尼罗河谷地区的人口压力，利用沙漠资源将新行政首都和苏伊士运河走廊经济带及红海开发区，通过铁路、公路和航空线路与地中海北部海岸发展区连接起来。目前，埃及总人口约 1.1 亿，新行政首都建成后预计将容纳约 600 万人口。中央商务区位于新行政首都的核心区域，由 20 座高楼组成，其中最著名的是被誉为"非洲第一高楼"的标志塔。2022 年 9 月 17 日，作为埃中友好协会主席，我应中建埃及分公司董事长常伟才先生的邀请，参观了新行政首都中央商务区标志塔项目。在那里，我们受到了常伟才先生的热烈欢迎，他以中国人民闻名的热情好客接待了我们。他不顾繁忙的工作，为我们安排了一次赏心悦目的参观。尤其是他为我们安排的年轻翻译人员非常精通阿拉伯语和汉语，让我们之间的交谈不但毫无障碍，而且妙趣横生。

通过这次参观，我了解到这些情况：

——中国建筑位居 2022 年《财富》世界 500 强榜单第 9 位，是世界上最大的建筑企业。该公司在建筑工程领域拥有领先全球的技术和经验，并在 100 多个国家开展业务。

——中国建筑在埃及有将近 40 年的历史，建设了一大批重要工程。其中，30 多年前中国政府援建的开罗国际会议中心一直是首都开罗的城市地标，而现在正在建设的新行政首都中央商务区、阿拉曼新城项目更是声名显赫。

——新行政首都中央商务区标志塔高达385.8米，设计灵感来自古埃及的方尖碑造型，建成后将成为"非洲第一高楼"。中国建筑以最先进的超高层建筑技术和建筑材料，以及最可靠的专家团队保障标志塔的建设。

——在中建埃及分公司工作的埃及员工和中国员工一直进行着充分的人文交流和专业交流，埃及员工在专业技术方面的出色表现也得到公司的高度认可。中建埃及分公司非常重视培训，为埃及建筑市场培养了大批专业管理人员和技术工人，常伟才董事长为此非常自豪。

——新行政首都中央商务区项目是中国"一带一路"倡议和"埃及2030年愿景"深度对接的合作典范。常伟才董事长希望以这个项目的成功为契机，进一步促进中国建筑与埃及各方的长期合作，为埃及和中国在经济发展与社会繁荣方面的友好合作树立榜样。

我也了解到，中国建筑在埃及的发展，不仅注重建设好工程项目，而且非常关注履行企业社会责任和在生产与工作中深化埃中友谊。正是因为这一点，2021年埃中建交65周年和2023年"一带一路"倡议十周年之际，中建埃及分公司发起了两次"我和我的中国朋友"征文大赛，并从100多篇征文中精选出60篇编辑成这本书。

这本书集中反映了中国人在埃及人眼中的生动形象，讲述了他们与中国朋友日常工作和生活中结成的深厚情谊，尤其是新冠疫情期间，他们与中国朋友互帮互助、生死相依的感人故事。

阅读这本书的时候，会从中体会到埃及和中国不同的文化元素，但更能体会到两种文化交流和融合的妙趣。让我们看看贾西姆·穆罕默德·阿卜杜勒·卡维·穆罕默德在他的文章中写了什么："有一首中国古诗写道:'青山一道同云雨,明月何曾是两乡。'"这是关于人类团结友爱的诗句,有意思的是,埃及著名诗人艾哈迈德·邵基也有一句诗与此相映成趣:"邦域相异,休戚与共。"正如中国国家主席习近平提出的构建"人类命运共同体"理念。

穆尼拉·贾马西女士在《像月亮一样的中国朋友》一文里谈到,中国朋友带她参加中秋节这个仅次于春节的中国传统节日的庆祝活动,让她了解到"月亮"在中国文化中的重要意义。无独有偶,"月亮"在阿拉伯文化里,也有着独特的文化含义。虽然埃及和中国相距万里之遥,文化和习俗尽管有许多不同,两国人民还是有不少共同语言的,我们头顶上的"月亮"不就是这样的共同语言吗?

本书朴素自然,通俗易懂,完全是作者们发自肺腑地倾诉。许多作者表达了对中国朋友敬业精神的钦佩,以及对公司友好工作环境的赞赏;还有一些作者展示了和中国朋友交往的感人细节,比如邀请中国朋友到自己家里做客,品尝埃及美食,而中国朋友则会邀请埃及朋友欢度自己的节日,赠送从中国带回来的各种礼品。我认为,这种人与人之间的深情厚谊正是埃中两国友好的最坚固的基石和最宝贵的财富。

这本书还有一些作品反映了埃中两国员工对周边社区事业的热爱,比如阿拉曼新城项目埃中员工积极参加附近学校志愿者植树活动,以及新行政首都中央商务区项目埃中员工携手参加新行政首都阿拉伯语国际日志愿者活动。

总之,这本书很有特色,它所展现的"人与人之间关系"的现实场景,本质上就是埃中两国人民心与心的对话,也是金字塔与长城的呼应,尼罗河与黄河的合唱。

本书的阿拉伯文执行主编卡迈勒·贾巴拉先生,是埃及著名的专栏作家和资深记者，曾任埃及历史最悠久的报纸——《金字塔报》主编。他现在是埃中友好协会的一名会员，也是一名中国事务专家，曾经出版过 4 本关于中国问题的专著。因为卡迈勒·贾巴拉先生的编辑，使我和广大读者一样对这本书抱着更高的期望。

最后，我借用艾米拉·达维使女士写在书中的一句话，表达我对埃中友谊的美好期待："愿埃中友谊像一棵大树一样永远扎根人民，世世代代，生生不息。"

伟大的埃中友谊万岁！

埃中友好协会主席　艾哈迈德·瓦利

2023 年 11 月

序言二

请翻阅这本书吧

"国之交在于民相亲，民相亲在于心相通。"共建"一带一路"十年的实践充分证明，民心相通是共建"一带一路"的社会根基，是最基础、最坚实、最持久的互联互通。

共建"一带一路"跨越不同文明、不同文化、不同发展阶段，开创了国际交往的新理念新范式，推动全球治理体系朝着更加公正合理的方向发展，引领人类社会走向更加美好的未来。共建"一带一路"注重的是众人拾柴火焰高、互帮互助走得远；崇尚的是自己过得好，也让别人过得好；践行的是互联互通、互利互惠，谋求的是共同发展、合作共赢。

我了解到，中国建筑承建的埃及新行政首都中央商务区项目即将竣工完成。这个项目是中埃两国共建"一带一路"的典范项目，秉承着"共商、共建、共享"的合作理念，承载着双方的共同期待和努力。参与建设的中埃员工因项目而结缘，在工作中结成战友般的情谊。为了记录这份珍贵的友谊，中建埃及分公司先后两次开展"我和我的中国朋友"征文活动，在中埃员工、合作伙伴及社会友好人士的百余篇投稿中，择精品汇编为本书。读者朋友，如果您是中国建筑及其埃及新行政首都中央商务区项目的关注者，请您翻阅这本书，因为它是这个被埃及总理誉为"新时代的金字塔"的项目背后两国建设者之间友谊的见证。这份友谊随着中央商务区的摩天大楼在荒漠上拔地而起，层层攀高，并随着大楼的竣工，将永驻在中埃员工心间。读后，您一定会对中国建筑及其埃及新行政首都中央商务区有着更加立体和深刻的认识。

如果您是一名涉外工作人员或是民间外交人士，请您翻阅这本书，因为它可作为一本关于民间外交的参考书。书中写满了中国员工与埃及员工以及埃及友好人士交往的点点滴滴，这些真实的案例，以埃及人的视角和表达方式呈现出来，可为您与国际伙伴建立友好关系提供有益借鉴。读后，您一定会增加跨文化交流和融合的感悟。

如果您只是一名普通的读者，也请您翻阅这本书，因为它可被当作一本休闲养心的读物，一本以海外建筑施工为背景的"故事会"。这些小故事篇幅不长，语言平实无华，感情真挚坦诚，情节平铺直叙，犹如餐后的一杯清茶，蕴含着友谊的甜美味道，会让您倍感舒畅温馨。

读者朋友，让我们一起翻阅这本书，共同祝愿共建"一带一路"结出更加灿烂绚丽的友谊之花！

是为序。

中国对外承包工程商会会长　房秋晨

2023 年 11 月

在CBD项目透过中心酒店看标志塔

埃及新行政首都CBD项目航拍全景

埃及总理穆斯塔法·马德布利与住房部部长埃萨姆·加扎尔在中建集团副总经理李永明陪同下视察CBD项目

埃及总理穆斯塔法·马德布利在中建埃及分公司董事长常伟才陪同下视察CBD项目

中国驻埃及大使廖力强在中建埃及分公司董事长常伟才和总经理王智陪同下在CBD项目考察调研

埃及住房部部长埃萨姆·加扎尔为阿拉曼新城项目奠基

天热了，我们一起喝杯绿豆汤

我们携手将大楼拔高

谁也离不开谁

我们一起欢度中国春节

欢度中国元宵节，中埃员工一起学习包元宵

埃及籍员工中秋节品尝中国月饼

我们一起包粽子

中建埃及分公司派员工慰问埃及籍员工家属

中埃员工夫妻一起欢度中国七夕佳节

中建埃及分公司与DAR监理公司足球友谊赛双方球员合影留念

中建埃及分公司埃及青年员工在中国驻埃及大使馆春节招待会表演相声节目

埃及青少年踊跃参加"我眼中的埃及新首都"——中埃青少年建筑绘画大赛

中建埃及分公司董事长常伟才受赠埃中友好协会成立65周年纪念牌

《金字塔报》专栏作家卡迈勒·贾巴拉夫妻参观 CBD 项目标志塔

中建埃及分公司经常参与当地大学举办的各种校园招聘会

哈南是中建埃及分公司早期员工之一，也是当年唯一的埃及籍员工

哈南邀请好友王文洁到家做客

穆罕默德·哈里德·舍比尼与好友金文会一起欢庆中国春节

阿卜杜·哈里克·赫利与好友李辛欣在一起

浩天（伊斯兰·萨义德）与好友刘俞在C07&C08连廊对接仪式上合影留念

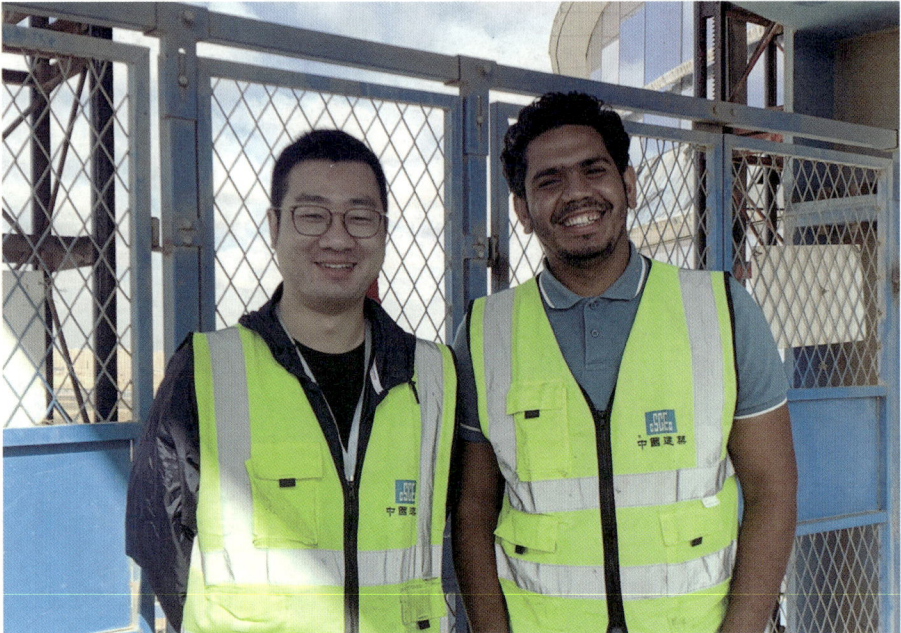
艾哈迈德·阿里与好友白晓阳在一起

目　录

第三辑　和一群优秀的人做朋友

第四辑　我们一起喝杯尼罗河的水

第一辑
我是一座友谊的桥

我是一座友谊的桥
标志塔象征着埃中友好的新高度
常先生和他的团队注定会被历史铭记
路上的伙伴
郭翔宇鼓励我好好学习
跟着刘飞学中文
我们是无话不谈的哥儿俩
哈比比马佳是个大好人

好朋友就要相互帮助
纯金一样的友谊
我们俩一起做『考官』
我们俩一起救死扶伤
我们的友谊自然天成
我们的友谊像咖啡
我们称她『中国铁娘子』
一起守护心中的那轮明月

我是一座友谊的桥

哈南·奥斯曼

也许是命运的安排吧，我这一生注定要和中国人在一起。

1987 年 9 月，我毕业于开罗大学文学院，那时我只有 21 岁。在学校学习期间，我对未来充满着各种各样美好的憧憬，对自己今后的人生道路也思考了很多。那个时候，像所有对未来充满期待的年轻人一样，我眼里的生活如此美好，仿佛只要打开一扇窗，就能选择自己想要的人生。

但是，来中国企业工作，结识中国朋友，并不在我的预想之内。因为那个时候我对中国相当陌生，对中国的了解只局限在新闻报道里，或者同学之间相互传递的一些信息。

可是，一个偶然的机会让我跟中国人结下了不解之缘，并因此而改变了我一生的命运。毕业后，我刚走出校门，正在寻找工作之际，我的姐夫给我介绍了一份中建埃及分公司的工作。1988 年 2 月，我正式上班，从此就在中建埃及分公司工作了 30 多年。

　　起初，我的心情是十分忐忑的，既有担忧又有渴望。担忧的是，我没想到会在中国公司工作，不知道中国人会不会接受我；渴望的是，我非常想了解这个世界上人口最多的国家，我想认识更多的中国人，和中国人交上朋友。

　　上班以后，我认识了很多中国同事。我是公司里唯一的埃及人，他们都非常喜欢我、照顾我，这让我非常快乐。我想，公司从那么多埃及应聘者中只选择了我一个人，说明公司认可我，我为此而感到自豪。

　　尽管埃及文化和中国文化不同，但我还是发现两国在传统价值上有许多相同和相似的地方，加之我强烈地渴望在短时间内和每一位中国同事都交上朋友，所以，我很快就融入了这个团队，成为团队里不可缺少的一员。

　　那个时候，公司规模比较小，人也比较少，办公室里所有的中国同事都成了我的朋友。这其中，和我关系最密切的就数侯萍了，她就像亲姐姐一样关心我、帮助我、爱护我，让我永远感到温暖。

　　刚走上工作岗位的时候，我因为缺乏实践经验，办事经常会考虑不周，也会出现差错，侯萍看到后就及时给我提出一些宝贵的意见和指导。她还不断地鼓励我，让我在工作上取得进步。她有时还会和我开些玩笑，让我在工作中感受到轻松的气氛，无形之中化解了许多压力。她真不愧是知心大姐姐，能够走进我的内心，知道我心里想什么。当我忧愁的时候，她愿意为我分担；当我快乐的时候，我也愿意与她分享，她就是我的亲人。她不仅在工作上帮助我，还经常利用各种节假日邀请我参加中国人的庆祝活动，让我了解中国人的传统、文化和习俗，让我融入中国人的圈子。

　　过了几年，侯萍在埃及的任务结束后调回中国。尽管已经过去很久了，但我们一直保持着联系。那个时候，没有手机，我们就经常写信，每一封信都是很认真地用钢笔写成的。现在有了手机，我们就用微信联系，经常交流各自的生活和工作情况；每逢埃及或中国的节日，我们都会互道祝福，就好像我们还在一起一样。她回中国后再也没有来埃及，我希望她能再次来埃及，最好快点，到时候我们会有说不完的话，会把这么多年的思念酣畅淋漓地倾诉给对方。

侯萍非常关心中建在埃及的发展，令我们都感到欣慰的是，自从承建了埃及新行政首都 CBD 项目以后，中建埃及分公司的事业开始进入新的阶段，我在中建公司的职业生涯也开启了新的篇章。现在公司的规模越来越大，埃中员工达 9000 多人，其中埃及员工就接近 7000 人。尽管我已经不是公司里那个唯一的埃及人，但我依然是公司里资历最老的埃及员工。公司上下，无论领导，还是普通员工，也无论中国人，还是埃及人，都对我十分尊敬，他们都认为我见证了中建埃及分公司 30 多年的发展历程，他们尊称我是中建埃及分公司的一部"活历史"。

公司里的中国同事越来越多，我结识的中国朋友也越来越多。在我新结识的中国朋友里，王文洁和我的关系最为密切。我们是在公司欢庆中国春节的活动上认识的，一见如故，就好像多年的老朋友一样。

王文洁非常喜欢埃及文化，每逢埃及的节日，她都会向我表达祝福。当然，每逢中国的节日，我也会向她送去祝福。王文洁刚来埃及第一年的宰牲节，我热情地邀请她来我家做客，让她零距离地了解和感受我们埃及人的传统、风俗和宗教仪式。节日总是给我们带来喜悦，王文洁的光临让我们全家十分开心，我们特地为她准备了埃及著名的美食。看得出，王文洁对我们的热情招待非常高兴，她在吃饭的时候还会给美食拍照，饭后还与我们全家合影留念。

生活难免会遇到波折，但真正的朋友一定会相互慰藉。新冠疫情的暴发将所有人的生活节奏都打乱了，并给我们带来了不少惶恐。在新冠疫情初期，王文洁经常与我保持联系，反复提醒我要确保全家人的健康和安全，要注意防护，记得戴口罩，记得用酒精消毒，记得在公共场合与他人保持距离。我非常感动她的这些提醒。尽管这些提醒都是众所周知的常识，在媒体上也可以经常看到，但我还是为她的提醒而欣慰，这说明她在为我的健康担心，就像为她自己一样。这就是纯粹的爱和友谊，爱别人就像爱自己一样，我们是真正的好姐妹。

在中建埃及分公司工作的几十年来，我与中国朋友的友谊成了连接埃及人民和中国人民友好交往的一座桥梁。我一直觉得我与中国朋友的关系越密切，我们两国人民之间的友谊就越牢固。CBD 项目是埃中友好的象征，开启了埃中友谊新的历史阶段，而我作为历史的参与者和见证者，会永远为与中国朋友一起建设埃及新首都而自豪。

标志塔象征着埃中友好的新高度

艾哈迈德·萨拉姆

  2021 年 6 月 17 日，应全球最大的建筑承包商中国建筑股份有限公司的盛情邀请，我出席了埃及新首都 CBD 项目标志塔主体结构封顶仪式。标志塔是正在建设的埃及新首都 CBD 项目 20 座高层建筑里最高的一座，也是正在建设的"非洲第一高楼"。

  标志塔主体结构封顶仪式举办得非常精彩，埃及和中国方面的许多高层官员，以及两国社会各界的许多知名人士都参加了这次活动。这次活动，对我来说是一个了解标志塔和新首都建设成就的绝佳机会。我们都知道，新行政首都项目是埃及政府发起的庞大国家建设计划的一部分，是埃及现代化建设的新起点，必将在埃及历史上留下重要的一页。

  在从我家赶往标志塔的路上，许多美好的记忆在我的脑海里不断涌现。我想起了我在阿拉伯埃及共和国驻华大使馆担任新闻参赞期间，在北京看到那么多宏伟的高楼大厦和造型奇特的建筑。当时我在想，我亲爱的祖国埃及会不会有一天像中国一样，到处都可以看到这样宏伟而奇特的建筑呢？我殷切地期望我在伟大的中国看到的那些神奇的建筑，比如上海环球金融中心大厦、广州新电视塔，以及其他城市著名的现代化建筑，有一天也能够在埃及落地。

现在我的梦想终于成真了。幸运的是，建设新行政首都 CBD 项目标志塔的公司正是中国建筑股份有限公司，它不仅是中国而且也是全球最大的建筑企业，位列世界 500 强公司第 9 位，在全球各地承建过大批经典工程。

2018 年 3 月 18 日，新行政首都 CBD 项目正式开工。20 座塔楼将从这里拔地而起，其中标志塔项目建筑面积 26.8 万平方米，地面高度 385.8 米，地下 2 层地上 78 层，共计 80 层，建成后将是名副其实的"非洲第一高楼"。

中建公司在埃及经营了将近 40 年，承建过大批住宅工程和公共建筑，包括位于老开罗纳斯尔市的中国政府援助项目——开罗国际会议中心，他们在埃及人民心目中享有崇高的声誉。现在，除了新首都 CBD 项目外，他们正在建设阿拉曼新城超高层综合体项目，这个工程也很庞大，包括一座 300 米高的标志塔和 4 座 200 米高的塔楼。

CBD 项目标志塔主体结构的成功封顶，再一次见证了埃中两国合作的力量，同时也将埃中两国人民的友谊推进到一个新的高度。

标志塔主体结构封顶的时候，正好迎来埃中两国建交 65 周年，埃中两国政府都安排了隆重的庆祝活动。众所周知，埃及是第一个承认新中国的阿拉伯和非洲国家，埃中建交对中国与阿拉伯和非洲国家关系的发展起到了示范作用，也为中国与阿拉伯和非洲国家的友谊起到了促进作用。

回顾埃中几十年来的友好交往，我们可以看到，两个古老文明国家之间的友谊越来越深厚，合作也越来越密切，而且两国的友好关系有着坚实而广泛的民意基础，得到了两国人民的真心拥护。我们两国的友好关系不断地与时俱进，能够跟上时代，应对国际、地区和国内的各种变革。埃中两国都奉行独立自主与和平共处的对外政策，在地区和国际冲突、联合国安理会改革等方面有着相同的立场。毫无疑问，埃及和中国的友好关系具有广阔的前景，两国在各领域的深入合作正在蓬勃发展。特别是在过去几年间，两国的全面战略伙伴关系得到进一步提升，塞西总统和习近平主席举行了多次双边会晤，塞西总统多次访华并出席有关国际峰会或参与重要国际议程，其中重要的有 2016 年 G20 杭州峰会、2019 年在北京举办的第二届"一带一路"国际合作高峰论坛，以及 2022 年北京冬奥会开幕式。2016 年，习近平主席出访埃及，中埃两国签署了《加强全面战略伙伴关系五年实施纲要》和共同推进"一带一路"建设谅解备忘录。

尽管新冠病毒的肆虐给新首都的建设带来不少困难，也给埃中两国的合作带来新的挑战，但是，建设新首都的埃中两国工作人员并没有退缩，他们勇敢地迎接挑战，稳步地推进施工生产，直至标志塔顺利封顶，直至 CBD 项目全面竣工。标志塔的封顶，再一次见证了埃中两国人民在疫情之下相互守望、携手并进的友好合作精神。

总而言之，建设新首都的每一名埃及和中国的工人、工程师、监理员、专家和企业家，以及他们所取得的每一项成就，都会载入埃及辉煌的历史之中，埃及人民将会永远记得他们的历史功勋。

（注：作者系埃及新闻总署前副署长，埃及驻华大使馆前新闻参赞，著名中国问题专家）

常先生和他的团队注定会被历史铭记

伊斯拉·阿卜杜赛义德

中国建筑是一家中国大型国有企业，也是世界上最大的建筑企业。作为 EPC 项目的承包商，这家企业在工程设计、规划管理以及大型基础设施建设与超高层建筑方面都有着独特的优势。据我所知，中国建筑来埃及有 40 年左右了，2007 年 12 月 10 日，中建埃及分公司在埃及正式注册。

也算是机缘巧合，在 2019 年中国大使馆主办的"唱响埃及"中文歌曲大赛上，我认识了中建埃及分公司总经理常伟才先生，从此我们就成了好朋友，经常一起参加有关埃中友好活动，我也曾受到他的邀请，多次参观新首都 CBD 项目建设。

常先生给我的第一印象是沉稳、睿智、不苟言笑。他是一位杰出的企业家，有着 30 多年施工管理的丰富经验。常先生与他的团队正在建设的新行政首都 CBD 项目，每天有一万多名埃中员工在庞大的工地上施工生产，以世界一流的水平为埃及国家的现代化描绘着美丽的新蓝图，他们的伟大功绩永远值得历史铭记。

　　不可否认的是，由于新冠病毒的肆虐蔓延，世界各国都遭遇到前所未有的困难，正在紧张施工的常先生和他的团队也不例外。常先生以坚强的意志和过人的胆识，及时采取正确的防疫措施，确保了员工的生命健康和施工生产的正常开展。

　　在"非洲第一高楼"——新首都 CBD 项目标志塔主体结构封顶仪式上，我亲耳听到他赞扬全体员工在防疫与生产中学会了"坚韧、坚强、坚持"，他说："前阶段新冠疫情给现场工作带来了诸多不便，但公司采取了一系列措施来保护员工的生命健康，我们一定会度过这个困难时期。"

　　常先生的言语让我深受感动，但他的领导魅力和人格更让我敬佩。在非常时期，他带领着上万名埃中两国工人和工程师团队，不仅成功地抵御了新冠疫情，保护了员工的生命安全，而且圆满地完成了施工任务，将新首都 CBD 项目不断推向前进，这是多么不容易啊。他丰富的人生阅历、高尚的人格、非凡的领导魄力，他始终如一的沉着与冷静，作为朋友，我看在眼里，记在心里。

　　埃及新首都 CBD 项目是阿卜杜勒·法塔赫·塞西总统和习近平主席共同见证的埃中两国合作的重大工程，这个工程对埃及现代化建设有着非常重要的意义。常先生作为这个工程实施团队的带头人，对项目的顺利推进发挥了至关重要的领导作用，给埃及人民留下了深刻的印象，赢得了埃及人民的高度赞誉。以至于现在每个埃及人都在讲述在自己的国土上看到的这个庞大的建筑群和"非洲第一高楼"。

　　埃及人对常先生和他的团队敬佩不已，他们经常谈论的热门话题就是新行政首都中央商务区，他们认为当埃及让中国建筑承接这个项目时，常先生就已胸有成竹。加之他手下有那么多精兵强将，这个工程肯定会完成得非常出色。

在我的印象中，常先生不仅是杰出的工程建设专家和企业家，更是埃中两国文化交流的光荣使者。他非常看重埃中两国员工之间的文化交流，始终努力搭建两国文化交流的桥梁，提升两国工程师及工人的思想境界，特别重视埃及工人的技能培训，为埃及社会创造了更多的就业机会。而且，即使工作再繁忙，他也会经常参与埃及社会的许多公益活动，常先生认为这是他和他的团队应尽的社会责任。这么多年，常先生和他的公司已经形成了一个好的习惯，每逢公司举办重要的文化和体育活动，以及埃及或中国的重大节日，都会邀请埃中两国员工一起参与。通过这种文化交流活动，一方面促进了埃中两国员工之间和睦相处；另一方面也有利于彼此感受和了解对方的文化和习俗。

我认为，常先生和他的团队注定会被埃中两国历史共同铭记。我相信，我们的后代来到埃及新首都，看到非洲大地上这座伟大的工程，一定会想起常先生和他的团队，一定会传颂他们在埃及的传奇故事。

现在，埃及新首都仍在进行轰轰烈烈的建设，作为最高指挥官，常先生正率领着精兵强将，向着最后的竣工冲刺。我明白，我的朋友常伟才先生和他的团队正在书写埃中友好合作的历史新篇章，他们是历史真正的主角，这一点毫不夸张。

（注：作者系艾因夏姆斯大学中文系教授、博士生导师，孔子学院院长，"一带一路"研究中心主任）

路上的伙伴

依林（拉妮姆·马哈尔·法拉格阿拉）

我们俩相识不过几年时间，却像认识了一辈子。我们俩的初次见面，也好像发生在昨天一样。

许多人会走进你的生活，然后离开，无影无踪，而真正的朋友却会在你的心中留下痕迹，永远也抹不掉。以诚实、守信、忠诚为基础的友谊，永远不会让你失望，并将陪伴你一生。

我叫拉妮姆，我还有一个非常好听的中文名字——依林，2019年下半年，入职中建埃及分公司，在群工部工作。从此，我认识了很多中国同事，结交了很多中国朋友，得到了他们无私的帮助和支持。这个团队，让我感到非常温暖。

上班的第一天，我认识了同一个办公室工作的杨红宇，和中国同事一样，我也亲切地称呼她"杨姐"，后来她成为我在公司的第一个中国朋友。从我们认识的那一刻起，我就感受到了杨姐的友好和热情，她带着平静而和善的微笑，介绍我与同事们一一认识，并领着我参观了工作环境。

此后，在工作上，杨姐对我的帮助良多。她带着我熟悉工作内容，帮助我理解工作中遇到的各种中文术语。凡是我不懂的地方，她总是像老师一样耐心地解释和指导，直到我弄明白为止。比如，在她的帮助下，我学会了使用中文软件，可以很好地和中国同事交流，从而提高了自己的中文水平，也了解了中国人的处事风格和文化习俗。

记得刚上班不久，需要在通信群里发送通知，我因为担心自己的中文出现语法错误，就向杨姐求助。她二话没说，就帮我起草通知文稿，让我逐步熟悉了工作模式，直到我自己能够独立完成工作任务。她的善良慢慢驱散了我刚开始工作时的迷茫，缓解了我害怕犯错的焦虑。对我来说，杨姐不仅是同事，更是对我的成长帮助颇多的良师益友。

我们经常聊天，相互交流埃及和中国文化。有一次，我们在一起整理图书室书籍，午间休息的时候，她带着我去附近的中餐馆品尝中国菜，顺便向我介绍了中国蔬菜的种类以及它们的营养价值，让我对中国菜有了直接的体验和认识。而我也是通过这次吃饭，第一次像中国人那样开始使用筷子。饭后，我们又吃了一些埃及饼干和瓜子，我也给杨姐讲了一些埃及的食物知识。那天，我们聊了很多，彼此都很开心。看来，聚餐是朋友之间最好的交流方式。

杨姐是一个很有情调的人，总是喜欢时不时送我一些中国特色的小礼物，比如一些彩色卡片、卡通画、喜糖盒之类。每次收到她的礼物，我都很开心，很感动。每逢埃及的节日，她总是第一个在微信上给我发来问候和祝贺的中国朋友。因为新冠疫情，我从 CBD 项目现场搬到新开罗办公室。虽然和杨姐暂时分开，但她总是惦记着我，总是嘱咐我和家人要注意防护，要确保安全。当她得知我订婚时，特意送了我一份祝贺礼物，里面有非常美味的中国甜点，我特别喜欢。

因为我的专业是中文，所以，去中国北京或上海的大学留学就一直是我的梦想。虽然这个梦想暂时未能实现，但我却在埃及看到了中国，结识了一群中国朋友。我的中国朋友用他们的友好和善良向我展示了一个我梦想中的中国，也因为我们之间的深入交流和密切交往，让我了解了中埃文化的异同，拓宽了视野，提高了见识。

我们的友谊有时候难以用语言表达，写这篇文章的时候，我觉得我的词汇根本不够用，写出来的文字是那么苍白无力，千言万语也无法表达我对杨姐的尊重、喜爱与感激。尽管现在我们俩的工作地点变了，不能像以前那样每天见面，但我在工作中取得的每一个进步都有她帮助和鼓励的痕迹，我会永远感谢她。

我很高兴与读者分享我和我的中国朋友杨红宇之间的故事，尽管我们的友谊只是埃中两国人民友谊的一个细节，但是正是因为有了无数个这样的友谊，埃中友谊才会真切感人，才会世代相传。

有一句世界名言说得好："朋友就像一本好书，它不会变老，而会成为经典。"

郭翔宇鼓励我好好学习

巴瑟姆·阿里·穆罕默德

　　埃及有一句谚语："贫困是生活中最大的麻烦。"我对这句话深有体会。由于家庭贫寒，我很小的时候就辍学了，不得不赚钱养家，把上学的机会留给了家里的兄弟姐妹。没有在学校受过比较好的教育，也就很难找到理想的工作，这对于我来说是一辈子遗憾的事情。

　　但是，再平常的生活也会有奇迹发生。我24岁的时候，运气来了。我有一个朋友在社交网站上看到中建埃及分公司的招聘广告，就把我的简历投递过去。几天后，中建埃及分公司的人力资源部给我打电话，通知我参加面试。非常幸运，我面试成功了，激动得无以言表。

　　上班后，我认识了我的领导郭翔宇主任和许多中国同事，他们对我非常热情，就好像老朋友一样。我来自偏远的农村，我的家不在开罗，他们知道这点后，对我更加照顾。随着交往的深入，我远离家乡的孤独感逐渐散去，是他们让我感受到家庭一样的温馨与和睦。我过生日的时候，同事们还为我准备了生日蛋糕，让我的生日过得十分快乐和幸福。

在公司，大家不光照顾我的生活和工作，还会支持和鼓励我的职业发展与进步。我的学历问题一直让我揪心，我也想提升自己。有一天，我把我的想法跟郭翔宇主任说了，告诉他如果我要完成学业，考试的时候就不得不请假，这可能会影响工作。他听后很支持，热情地鼓励我好好完成学业，不要担心考试请假的问题。

此后，郭主任见到我的时候，还会经常说几句鼓励的话。这样，我一边工作，一边学习，两边都没有耽误。考试的时候，尽管我的工作很忙，郭主任还是批准了我的假期，并鼓励我要坚持下去。

多亏郭主任的支持，我的考试顺利通过。郭主任知道后，也为我感到高兴。

郭主任很和蔼，每次我带着保洁员做完卫生或其他服务工作，他看到后都会说一声感谢。他待我真的像朋友一样，而不仅仅是作为我的上级领导。

因为对中国朋友的好感，我也开始对汉语和中国文化有了兴趣。我学起了汉语，并尝试用新学来的简单词汇与中国朋友交流，中国朋友也给我的汉语学习提供了不少帮助，他们热情地向我介绍中国文化和风俗习惯。我从中国朋友的身上看到了诚信、守时、勤奋、谦逊、平等待人等优秀品质，我也理解了中国如今快速发展的原因。

我明白，中国今天的发展成就不是突然得来的，中国人民也经历过不少的艰难时刻。但是，中国人民从来没有放弃过奋斗，终于通过自己的艰苦努力实现了梦想。同时，他们也向全世界证明了，只要奋斗就会成功。

中国人善于创造发明，这在全世界享有盛名。我的中国朋友每年回家休假的时候，都会帮我带一些令人眼花缭乱的中国小商品，还有美味可口的中国食品，这让我感觉到公司的同事就像家人。

当我得知公司进行"我和我的中国朋友"征文大赛的时候，我决定写一写我和郭主任的故事，写一写他对我工作学习的鼓励和引导。写文章前，我提出跟他合影的要求，他愉快地接受了。我还当面感谢了他这么长时间对我的帮助、鼓励和支持，并向他保证一定会继续努力工作，不让他失望。

这么多年，我亲眼看到埃中两国合作建设的埃及新首都 CBD 项目越建越高。作为一名建设者，我内心十分自豪，也为与郭翔宇这样的中国朋友在一起工作感到非常荣幸。

跟着刘飞学中文

艾拉瑞·阿妮丝·贾比尔

我叫艾拉瑞·阿妮丝·贾比尔，是艾因夏姆斯大学语言学院中文系学生。我高考的时候，成绩不理想，没有考进心仪的大学。于是，我便考虑报考其他学院。尽管我明白学习语言是挺难的，需要背诵大量单词，而我并不擅长背诵，但我还是决定试一试，最后选择了语言学院。

爸爸常对我说："以终为始。"报考语言学院后，我便开始了寻找我想要学习的语种。我了解过世界各国语言的信息，许多朋友都建议我学习中文，他们说学习中文会有一个好的发展前景。于是，我便开始对中国的历史、文化和当前的发展成就进行深入了解，觉得中国非常有趣，现在的发展成就的确令人叹服。

就使用语言的人口数量来说，中文无疑是全世界第一位。随着中国的发展，中文传播越来越广泛，许多国家都将中文纳入中小学课程。近两年，沙特、阿联酋和埃及三个阿拉伯国家也将中文纳入中小学教育体系，这充分证明中文在全球各地广受欢迎。作为全球使用人口数量最多的语言，中文已经成为世界各国年轻人语言学习重要的选择，中文学习者的就业机会也越来越好。尽管中文是世界上极难学习的语言，但经过一番思考，我最终还是决定选择学习中文。

上大学期间，我经常与一个朋友聊天。他在中建埃及分公司工作，告诉我一些中国文化习俗，以及中国人管理企业的方式与风格，还有他们如何与埃及人打交道，如何在埃及生活。他建议我趁着暑假，去中建埃及分公司实习一段时间，以便获取工作经验。在他的帮助下，我很幸运地来到这家中国公司实习。

第一天去公司上班的时候，我感到非常焦虑和紧张，但当我见到人力资源部的同事刘飞时，这种感觉很快就消失了。刘飞待人非常热情，非常友好，虽然我的中文不流利，也没有任何工作经验，但他对我却很有耐心。刚见面时，刘飞用中文和我打招呼，但看到我不知如何反应的样子时，他立刻改说英语，避免让我陷入尴尬。看得出，他是一个机敏而体贴的人。

此后，刘飞就经常教我中文的日常用语，并指导我练习如何发音。为了帮助我尽快掌握中文，刘飞让我用中文和英文写下未来的工作规划。我写的不是很多，只有四句，但他还是在很忙的情况下，帮我进行了修改，并和我一起讨论了我写的内容。他的修改建议给我很大启发，我跟着他学习如何组词和造句，也学会了如何思考，对自己的未来有了更多的思索，也对实现自己的梦想有了更多的想法，站在一个更高的位置看待自己的未来。

随着我对工作更加熟悉，刘飞就带着我接触更多的业务。有一次，刘飞让我帮他找一些人力资源方面的资料，我非常高兴，认为这是他对我的信任。资料找到后，他又让我将这些资料翻译成中文，有些人可能会认为这对一个大学生来说一定十分困难，但是，看得出他对我非常信任并充满期待，我便愉快地接受了这项挑战。通过努力，我独立地完成了这项任务，也得到了刘飞的认可。

第二天，刘飞带我一起去新行政首都 CBD 项目建设工地参观。这是中国建筑在埃及的最大项目，这个项目正在帮助埃及人实现建设新首都的梦想。当我第一次踏上新首都的建设工地，并且成为这个伟大工程的建设者时，我感到十分自豪。

在工地上，我见到许多中国同事，他们有人和我说中文成语，我听不懂，便把它记下来，查找它的含义，但没有查到。于是，我再次向刘飞请教，刘飞给我解释了它的含义，并讲解了用法。

尽管大部分时间我都是用英语和同事交流，但为了鼓励我多用中文，刘飞每次都坚持用中文与我交谈，并再三确认我是否听明白。当我回答没有听懂时，他就重复给我解释，直到我明白为止。不但如此，他还告诉我一些学习中文的方法，比如，多看一些基础读物，多听中文歌曲。他总是鼓励我"试着开口"，我便逐步增加了使用中文的频率。

刘飞也想学一点阿拉伯语，于是，我便教他一些与埃及人打交道的阿拉伯语基本词汇。他见到埃及同事的时候，也经常说几句简单的阿拉伯语，我觉得很亲切。

刘飞是我学中文以来的第一个中国朋友，也是我最好的中国朋友。虽然我们认识的时间并不长，但从他身上我感受到埃中两个古老国家人民之间的友好和热情。我要好好学习中文，结识更多的像刘飞一样的中国朋友，为埃中两国人民的友好交往做更多的事情。

我们是无话不谈的哥儿俩

穆罕默德·马哈茂德·阿卜杜拉赫曼·乃木沙

我的名字叫穆罕默德，现在是埃及新行政首都 CBD 项目 P2&P6 标段的一名土木建筑工程师。我和我的中国同事一起工作，他们的处事风格、工作方法、技术经验都深刻地影响了我。

上小学的时候，我就从历史课本上知道在遥远的亚洲东方有一个叫"中国"的国家，和我们国家一样具有悠久的历史、古老的文化、善良的人民。中国的长城、饺子、筷子、毛笔字，尤其是武术，都让我特别感兴趣。我想像中国人一样飞檐走壁，施展看起来非常漂亮的拳脚功夫。我希望能有一天踏上中国的土地，亲眼看看这个伟大的国家。

2016 年 1 月，我非常幸运地加入中建埃及分公司，参与埃及新行政首都 CBD 项目建设。我们 P2&P6 标段团队承建了 D01、D02、D03 三栋高层住宅楼，其中 D01 还是目前埃及最高的住宅楼。虽然还没有去过中国，但能够来到这家世界最大的建筑公司工作，与来自中国的朋友一起建设自己国家的新首都，是非常光荣的事情，更何况这里还是施展自己才华和提高自己专业能力的好平台。因此，我必须好好珍惜这份工作。

在 CBD 项目，我结识了许多中国朋友，其中最要好的朋友就是马继龙，我们平时称呼他 Bruce Ma。他来 CBD 项目的时间是 2017 年 12 月，比我晚来将近 2 年。他是一个具有 10 年施工经验的工程师，热情友善，彬彬有礼，勤奋好学，后来我把他当"大哥"一样尊敬。记得他刚来的时候，和我住在同一栋公寓，每天上下班看到路过的埃及人，他都笑呵呵地用阿拉伯语打声招呼"萨拉姆阿里库姆（穆斯林见面打招呼语）"。Bruce Ma 告诉我，在中国他从来没有接触过阿拉伯语，希望我教一教他。我当然非常乐意教他，一有空闲时间，他就虚心地向我请教阿拉伯语，我也会耐心地教他几句。他每天学习 5 个基本单词，半年以后，他的进步就让我非常意外。有一次和 Bruce Ma 坐出租车去开罗市中心，我惊奇地发现他竟然可以用简单的阿拉伯语和司机交流，"向左""向右""直走""掉头"，还有付款等，他都可以自如地直接表达，不需要我来帮忙转达。

我还发现 Bruce Ma 是个很有生活情调的人，对异域文化总是充满着好奇心。这一点与我志趣相投，我喜欢中国文化，他也喜欢埃及文化。有时他会邀请我去开罗的中国餐馆吃中国饺子，教我如何使用筷子；我则会带他去尼罗河畔享受埃及美食，去埃及博物馆了解埃及文明史，去金字塔和人面狮身像感受古代埃及建筑的雄伟和古埃及人的智慧。通过几年的相处，我们的友谊越来越深厚，成了无话不谈的哥儿俩。他每次回中国，都会给我带来精心准备的中国礼物，当我的母亲和姐妹知道我有一个十分要好的中国朋友时，她们非常期待 Bruce Ma 来我家里做客。

　　Bruce Ma 不光对我好，对其他埃及人也很好。有一次，我带 Bruce Ma 和另外一名中国同事到纳赛尔城附近买了一些盆栽，总共 240 埃及镑（埃及货币单位）。我们支付了 300 镑，应该找回零钱 60 镑。返回公寓后，Bruce Ma 发现找回的零钱是 160 镑，就急忙地跑到我的房间，要我开车送他退还多找的 100 镑。当那个小贩收到 100 镑时，非常感动地说，中国人真讲诚信，是埃及人的好朋友。

　　2020 年 3 月，因为新冠疫情的蔓延，中建公司为了确保中埃员工身体健康，以及施工生产不停工，开始在 CBD 项目实行封闭式管理，所有现场管理人员及工人都要经过核酸检测合格后才能进场。属地员工在现场工作满 3 个月后，回家休息 3 个星期；中国员工则非必要不离开施工现场。第一次这么长时间在外工作，3 个月不能和家人团聚，这对于我来说是比较艰难的。但是，我的中国大哥 Bruce Ma，已经一年多没有回国和家人团聚了，却依然坚守岗位，毫无怨言。时常看见他通过视频与妻子及儿子聊天，我觉得他非常坚强，从心底里佩服他。面对疫情，有这么多可爱、善良、坚强、乐观的中国朋友在一起，我没有理由退缩，我应该和他们一起奋斗，争取早日建成埃及人民盼望已久的新首都，为这个伟大的工程贡献自己的一份力量。

　　我们一起加油吧，中国兄弟！

哈比比马佳是个大好人

谢利夫·阿卜杜法塔赫·伊布拉辛

我叫谢利夫，是埃及新首都 CBD 项目 P2&P6 标段的司机。我来中建公司，工作和生活得很快乐，也很充实。在这里，我不仅交上了很多中国朋友，而且在我家里遇到困难的时候得到了中国朋友的大力帮助。我的中国朋友里和我关系最铁的是马佳，我们都喜欢称他为哈比比马佳，他待人非常和善，是个大好人。

刚来中建公司上班的时候，我非常激动，也非常自豪，能够加入中建这样的世界知名大企业，为建设自己国家的新行政首都贡献力量，那当然是非常光荣的事情。我到项目行政办公室报到的时候，是马佳接待的我。他很热情，也很友好，详细地向我介绍了工作内容，并带领我熟悉项目的基本情况。因为我是司机，要住在项目上，所以他又带我去库房领用了生活用品，安排了住宿的地方。第一天来中建，我就感受到了不一样的关怀，有种家的温暖。

上班的第一个夜晚我就住在项目宿舍，宿舍住宿环境干净舒适，桌子上放置了新电视机，回想起白天热情友好的同事，尤其是马佳和善的笑容，我内心感觉暖洋洋的，很快进入了梦乡。

在一切都准备妥当之后，作为一个司机，我开启了新旅程。每天一大早，我上班的第一件事就是擦车，把我的"坐骑"擦得锃亮锃亮。每当这个时候，哈比比马佳就向我伸出大拇指，我用嘴角微微上扬一下表示回应。就是通过这样一次一次见面打招呼，我和哈比比马佳的关系越来越密切。每次需要接送物资或者拉同事出门办事，他都会仔细地嘱咐我每一个细节，生怕出什么问题。比如，他教我如何整理归纳出门采购的小票，叮嘱我出门之前要注意观察车辆状况，接人的时候一定要准时，回到仓库一定要检查仓库的油是否够用。

后来，通过聊天，我才知道哈比比马佳很早之前就在利比亚留过学，在利比亚的时候他加入了中建，然后跟随着公司又来到了埃及。

我们埃及人很喜欢踢足球，下班之后我也去踢足球。新冠疫情暴发之前，我和哈比比马佳在生活区的足球场与项目上的埃及工程师踢过好几次足球。世界杯的时候，我们俩还一起在宿舍看足球比赛，一起讨论我们喜欢的球队。当我们喜欢的球队进球的那一刻，我们俩便笑得前仰后合。足球成了我们俩友谊的催化剂，我们的友谊越来越深厚了。因为新冠疫情，我们好久没有踢球了，一起踢球的那段时光是多么让人怀念。

有哈比比马佳这样的朋友陪伴，在 CBD 的日子是那么美好。可是，生活当中总会有一些意外的事情突然来临。2019 年 8 月 12 日，一场暴雨不期而至，对于埃及这种一年都下不了几场雨的干旱国家来说实为罕见。特别是近两年，雨水比以前多了一些，一年能下三四场，但都没有那次的雨水大。我当时还和马佳开玩笑，你们来了以后，我感觉我们的沙漠都快变"绿洲"了。

说完这话，我突然接到妻子的电话，妻子告诉我说家里的房子倒了。那一瞬间，我的脑子一片空白，我着急地问她："你和孩子怎么样？父母都还好？"我的心情无比沮丧，不过，接下来妻子的一番话让我感到宽慰。原来刚下雨没多长时间，我的家人感觉到情况不好，就很快跑了出去，当房子倒塌的时候，全家人躲过了一场灾难，他们没有受到身体上的伤害。这是不幸中的万幸，真有种劫后重生的感觉。可是，房子没了，一家人要住到哪里，这让我非常头疼。

哈比比马佳知道了我家的情况后，立即向项目领导反映了。项目领导迅速安排人员为我家购买了必要的生活用品，并组织项目员工为我家捐款援助。此情此景，让我流下了感动的热泪，中国同事一直把我当作自己的家人。家人们的关怀让我度过了那段艰难的日子，后来我家的房子修好了，我热情邀请项目领导和同事到我家里做客，我的父母和妻子见到他们非常高兴，当面向他们表达了全家的感激之情。

从那以后我工作更加认真了，也因此得到了更多同事尤其是哈比比马佳的称赞和鼓励。我更愿意和这些热心的中国同事交朋友了，还跟着他们学起了中文，我跟着哈比比马佳学会了"一带一路""你好""不客气""你真棒"等日常中文用语。在哈比比马佳的推荐下，我还上了项目专门录制的"我在新首都学汉语"节目。我特别喜欢这个节目，从中了解和熟悉了中国的节日，比如春节、端午节、中秋节。我还喜欢上月饼、粽子、中国包子，中国美食真多，也真好吃。我还学会了如何包饺子，我尝试着包饺子给自己的家人吃，让他们在埃及也能够尝到中国美食。

"有朋自远方来，不亦乐乎？"这是哈比比马佳教我的一句中国古话，我理解了其中的含义。中国朋友从万里之外来到埃及，和我们一起建设埃及新首都，这也是一件很愉快、很幸福的事情。

和哈比比马佳在一起共事真好，和中国朋友在一起共事真好！

好朋友就要相互帮助

王力宏（马哈姆德·马德哈特）

我叫马哈姆德·马德哈特，我的中文名字叫王力宏，与一位著名的华裔歌星同名。我以前的职业是一名导游。由于新冠疫情的原因，埃及的旅游业受到了严重影响，我不得不暂时离开旅游业，另谋生路。机缘巧合，经过一位朋友的介绍，我来到了中建埃及新首都 CBD 项目 P4 标段工作，开始了自己的"中建"生涯。

从一名导游到一名建筑工地的员工，我的职业角色转化非常大，需要慢慢适应，需要学习好多新的东西。为了尽快融入工作环境，我特别希望结识更多的中国朋友，以便从他们身上学习工作经验。

有一天晚上，我在宿舍走廊看到一个年轻人，拿着手机闷闷不乐，我便走过去问他怎么了，需要不需要帮助。通过几句简短的对话后，我才得知，他是一名刚刚毕业的阿拉伯语专业的学生，这个项目是他的第一份工作。他学过阿拉伯语，我心里感到特别温暖，这样我们交流起来就方便了。他告诉我，因为刚参加工作不久，好多事情搞不明白，非常烦恼。于是，我们俩便坐在楼下，你一言，我一语，慢慢地聊了起来，我们聊到了工作，聊到了生活，也聊到了年轻人最在乎的理想。就这样，我们成了好朋友。他有一个好听的名字——苏迪，还有一个阿拉伯语名字 Faisal。

有一天晚上，我们俩讨论完工作上的事后，从办公室出来下楼的时候，苏迪不慎从楼梯上滑倒了，摔了一跤。所幸的是，他人没有受伤，但是他的手机屏幕摔碎了。现在是手机时代，工作和生活一刻也离不开手机，所以，他的手机必须尽快维修好。但是，由于他的手机屏幕比较特殊，换个屏幕非常昂贵，而且因为他是外国人，对埃及手机维修行业不了解，很难找到合适的维修人员。作为他的好朋友，帮助他维修手机就成了我义不容辞的责任。我带着他很快就把手机维修好了，他非常开心，一再对我表示感谢。我告诉他，作为好朋友，那是我应该做的事情。

是啊，好朋友就是要相互帮助。就在手机事件发生两个星期之后，我牙龈肿胀，无法正常吃饭。所以，我必须外出看医生。项目防疫规定员工外出必须有人陪同，这时，苏迪毫不犹豫地主动提出陪我外出看医生。在苏迪的陪同下，经过三次治疗后，我的牙病终于好了。我对他表达了自己的感激之情，他也告诉我，作为好朋友，那是他应该做的事情。

工作越来越忙，我们的关系也越来越密切。我们之间互相帮忙，紧密配合，我不懂的，就去问他，他不懂的，也会问我。就这样，我们对各自的工作都越来越熟悉了，越来越得心应手了。我们俩都看到对方在不断进步，不断成长，都在为对方加油，都会为对方取得的成绩而高兴。

每天下班后，我们俩还会在一起锻炼身体，在锻炼的时候互相交流工作和生活感受，我们之间总有说不完的话。

CBD 项目真好，让我结识了苏迪，让我获得了来自遥远中国的友谊。

纯金一样的友谊

欧妮雅·穆斯塔法·哈桑

友谊是人类非常真挚的情感，不但可以慰藉彼此的心灵，更会促进彼此之间相互成就。如果你在漫漫长路上行走得孤寂、艰难，这时遇见一个朋友陪伴你，你一定会精神振作、信心倍增，坚强地走到你想要到达的目的地。

我是 2017 年 9 月来中建埃及分公司工作的，这些年陪伴我的中国朋友真的不少，但是有一位朋友对我的影响和帮助最大，让我一直心存感激。他不只是我一个人的朋友，也是很多埃及员工的朋友，他的名字叫李进孝，是我们部门的经理。也许在他看来，他并没有对我特殊关照，对我和对其他同事一样友好。他可能不知道他的一言一行对我有多么深的影响，对我是多么大的支持和鼓励，让我在工作中常常感受到不断进步的喜悦。

写这篇文章的时候，我和李进孝经理拍了一张合影，这让我想起了几年前的一次合影。那天，我和我的老师哈南女士一起参加了公司举办的中国春节欢庆活动，李进孝经理是我们俩共同的朋友，我们三个人高高兴兴地一起拍了张合影，这张照片对我来说具有特别的纪念意义。哈南女士不仅是我的朋友，也是我的老师，她在公司工作了30多年，是公司资历最深的埃及员工，在埃中两国员工中享有很高的威望，大家都很喜欢她，也很敬佩她。

我刚来公司工作的时候，担任接待员。这对我来说是一个很好的发展机会，可以接触更多的中国人，锻炼我的语言表达能力。我不用离开埃及就可以在"中国式的环境"中工作，实现了我多年的梦想。

2018年5月，是我职业生涯的重要转折时间，那时候埃及新首都CBD项目刚刚开工，大批中国同事进来，需要办理各种手续。哈南女士一个人忙不过来，我便被安排成为她的助理。我们每天都很忙，常常加班到晚上七八点。李进孝经理也在加班，每次看见我们，他都会微笑地问候几句，让人感觉到非常体贴。

时间过得真快，我们亲眼看着CBD项目像孩子一样一天一天长大，一栋接着一栋高楼在封顶，"非洲第一高楼"——标志塔也封顶了，埃及人民的梦想即将实现，我们的心情是多么兴奋。

几年来，项目在不断地成长，我们自己也在不断地成长。我最大的进步就是获得了两次青年优秀员工奖，这些进步都离不开李进孝经理的鼓励和帮助。可以说，他不仅是一个好领导，也是一个善于理解人帮助人的好老师。

公司举办过一次集体开斋饭，我带着我的母亲过来，李进孝经理远远地就迎接问候，这让我感到非常亲切。我更没想到的是，在吃饭的时候，他还当着我母亲和哈南女士的面表扬我的工作能力和工作表现，我母亲听了后非常高兴。能够在自己最重要的亲人面前得到赞美，我感到无比幸福，对李进孝经理更是充满了敬佩和感激，我也暗暗想一定要继续努力，不辜负他的期望。他的表扬和鼓励成了我前进的动力。

2020年底，我遇到了一件麻烦的事情，这件事情处理不好的话，可能会导致我不得不辞去公司的工作。我很想找李进孝经理倾诉，又害怕他没有时间。想了很久，我最终还是鼓起勇气，走进他的办公室，向他倾诉了我的苦恼。那天，他就像一个大哥，一个善解人意的朋友，一个细心的管理者，不但耐心地倾听了我的诉说，还热心地安慰我，帮我提出了解决问题的办法。跟他谈完话后，我的心情好多了，也打消了辞职的念头，安下心来在公司继续好好工作。

李进孝经理真的很会关心人。记得在新冠疫情暴发初期，我们埃及员工都在家办公，他每天都要问我和其他埃及同事健康情况怎么样，体温多少，家里有什么困难需要帮忙解决，反复叮嘱我们一定要注意防护，确保安全。尽管这也许是他的工作，但我们从他身上感受到一种来自大家庭的温暖和关爱，让我们每个人都对战胜疫情充满信心。

我已经和李进孝经理合过两次影，但还有一个小小的心愿，那就是等到CBD项目竣工的时候，穿上干净的中建工作服，在自己国家的新首都和李进孝经理再次合影，和办公室的所有同事一起合影。我会把合照挂在自己家里，那将是我一生的骄傲。

我们俩一起做"考官"

马哈茂德·埃萨姆·埃尔丁·穆罕默德·赫尔米·赛义德

　　我叫马哈茂德·埃萨姆·埃尔丁·穆罕默德·赫尔米·赛义德，毕业于亚历山大大学，现在中建埃及分公司新首都 CBD 项目 P2&P6 标段人力资源部工作。

　　我是 2019 年 5 月来到新首都 CBD 项目的，加入中建埃及分公司这个大家庭已经 5 年了。5 年来，我和中国同事朝夕相处，建立了深厚的感情。中国同事给我的第一感觉是他们都很谦逊，尤其是刚刚认识对方的时候，可能是因为语言的原因，他们不善言辞，但非常的热情，等认识得时间久了，你就会发现，他们其实非常幽默，时不时会蹦出一两句阿拉伯语来表达他们的善意，让你开心。中国人一直保有的这种谦逊而且热情的性格，我想这大概跟中国历史悠久的文化传统有关。

　　身边的中国同事几乎都是我的好朋友，商务部的曾豪与我的关系最好。曾豪与我的年龄差不多。这么多年的交往，曾豪给我留下了非常好的印象。起初，我和他在工作之中并没有太多语言交流，他总是忙忙碌碌，行色匆匆，每次与他说话，也只有简短的几句。他工作非常认真，总是皱着眉头，像是在不停地思考着什么问题。但是，为了营造轻松的对话气氛，他又总是脸上带着微笑。这两种矛盾表情的组合让我觉得他这个人很有趣。

在我们俩的交往中，让我感受最深刻的一次就是在中国员工绩效考核的英语考试中，我们俩一起合作做了一次"考官"。曾豪负责商务合约工作，因为英语出色，被委派组织这次英语考试。英语考试的书面试题、听力素材，以及考试流程都由他来安排。我因为负责人力资源工作，而且英语水平也不错，曾豪就来找我一起做搭档组织这次考试，于是我就成了英语口语考试的考官。

根据考试安排，每一个考生都是单独接受听力考试，作为考官，我通过远程电话的方式向考生随机读出题库中的文章及提出问题，并且与考生进行随机对话。如果考生的回答与正确答案一样，则会得分。当然，如果考生通过与我灵活的对话从我口中"套走"答案，也可以得分。这种新鲜的考试方式，让我感觉很有意思，一向严肃的曾豪，原来也藏着十分有趣的灵魂。在考试中我发现语音电话会影响考试质量，就向他提出来。第二天，他突然拿出一个蓝牙音箱，让我试试效果。这让我再一次对他刮目相看：这个人做事的确认真。

那次考试后，我们俩的交流多了起来，从埃及当地人力资源管理体系，到埃及的风土人情无所不谈。我们聊得最多的还是英语学习，通过那次考试，他觉得许多中国同事的英语能力还需要好好提升，而我也有着相同的看法。我的许多中国同事都很努力地用英语表达自己，但是一些英语表达技巧确实不够熟练。我们俩一起分析大家英语表达中的优点和缺点，根据英语表达能力把所有同事分为几大类，针对每一大类人群，进行具体分析，然后制定针对性的培训方案。用曾豪的话来说，这叫作"知彼知己，百战不殆"。

现在，我们俩制定的英语培训方案已经获得项目领导的认可，那就是举办项目英语学习班，目标是达到雅思考试的水准。作为人力资源主管，我立即行动，招聘英语老师和发起项目部员工报名培训，而曾豪则负责完善一切教学方案和教学流程。他说，我们在考试中发现了问题，那我们就用培训解决问题。他这种凡事要一追到底的工作态度，又一次让我深受触动。

有一次聊天，我问他，为什么跑这么远来埃及来盖房子？他说："我们中国人喜欢盖房子，我的梦想就是在全世界各地盖起高楼大厦，而且要盖就要盖最好的。"他说得很认真，照样皱着眉头，照样微笑着。看着眼前这个与自己年纪相仿的中国朋友，我的心中不由得升起了崇高的敬意。

我们俩一起救死扶伤

默罕默德·罕扎吉

    我叫默罕默德·罕扎吉，具有多年的从医经历，在中建埃及 CBD 项目诊所工作。在这里，我认识了陈玉明医生。我们从工作上的相互交流、相互配合，到生活上的相互关心、相互帮助，慢慢地成为最要好的朋友。

    陈玉明医生是我们诊所的主任，具有 30 多年的从医经历，精通中西医，医术精湛，在同事和病友中享有崇高的威望。而我呢，一直从事的是西医治疗，对西药和西医比较熟悉。在埃及，我们使用的西药标注的都是阿拉伯文，陈玉明医生因为看不懂阿拉伯文，就经常与我交流这些西药的使用方法。我在与他交流的时候，并不仅是按照药品的使用说明书来照本宣科，而是根据自己的医疗实践，告诉他这些药品在埃及如何使用，有哪些治疗效果，又有哪些副作用，以及这些药品如何与其他药品配合治疗。

    通过与陈玉明医生的交流，我感觉他很健谈，也会安慰人。有段时间，我的工作压力非常大，几乎撑不住了。虽然我没有告诉他，但他主动地开导我，与我聊天，跟我开玩笑，让我慢慢地走出压力困境。

尽管我来诊所以前从未接触过中医，但通过与陈玉明医生的接触，以及在中医治疗过程中为他做辅助配合工作，让我对中医也产生了不少兴趣。

我刚来不久，有一名中国员工因为下肢疼痛到诊所就诊，经陈玉明医生和我一起通过 X 光照片和 CT 检查，诊断他为腰椎间盘突出症。陈玉明医生和我一起研究的治疗方案是：用机械牵引和中医按摩主要手段，辅之以西药减压和活血散瘀通络治疗。中医治疗由陈玉明医生主导，我负责协助；西医治疗由我主导，陈玉明医生协助。经过半个多月的精心治疗，这名中国病友康复了，重新站起来走向工作岗位。

这是我们第一次合作成功，我们俩都格外高兴。

我们俩还有一次合作也非常成功，也让我非常感动。有一年斋月期间，有几名中国工人在 CBD 项目的道路边发现一名埃及工人躺在地上，一动不动，不省人事。他们立即用面包车将这名埃及工人送到诊所，经陈玉明医生和我检查诊断，这名埃及工人是因为禁食而营养不良，加之因为天热而中暑引起休克。

在这命悬一线的时刻，我们争分夺秒紧急抢救。我曾经在埃及医院做过急诊科医生，有丰富的抢救经验，马上为他输送氧气，并做心肺复苏治疗；陈玉明医生配好药品，立即为他输液，并进行中医针灸。经过及时抢救，这名埃及工人慢慢睁开双眼，终于转危为安。他得救了，我们俩和在场的同事，以及送他来抢救的中国工人会心地相视而笑。

这次抢救让我明白了中国朋友所说的医生要发扬"救死扶伤"的人道主义精神，也明白了埃中两国人民的友谊是多么伟大，用中国朋友的话来说，我们是真正的"命运共同体"。

我们的友谊自然天成

艾米拉·达维使

　　自从考入卡夫尔·谢赫大学语言学院中文系，我的生活和命运就与中国人和中国文化紧密相连。我一直对学习世界各地的语言有着浓厚的兴趣，学好中文成就了我的人生。伊斯兰教先知穆罕默德说："求知莫嫌中国远。"中文是像阿拉伯语一样古老的语言文字，我非常希望从这个古老的语言文字中学到更多的知识和智慧，为埃中两个古老的文明之间的交流略尽绵薄之力。

　　我以优异的成绩从卡夫尔·谢赫大学语言学院中文系毕业，告别了学习中文的大学生涯。通过四年的中文学习，让我有机会结识很多来自中国的朋友，他们好多人是专门学习阿拉伯语的留学生。我们经常在一起聚会，相互交流和分享对方国家的文化，并且建立了深厚的友谊。我从中国朋友那里了解到中国的历史和现状，以及文化风俗和风景名胜，尤其是他们讲的各种动人故事，让我这个从来没有去过中国的埃及人对中国有了更感性的认识和兴趣，也因此萌生了以后到中国留学的想法。

和中国朋友熟悉后，我们就经常一起去上课，一起去品尝埃及美食，一起去体验埃及文化。我最好的中国朋友李花，就特别喜欢品尝埃及的美食 Koshary。当然，我和李花的友谊可不仅仅是吃吃喝喝，我们相互帮助、相互学习，她教我学习中文，我教她学习阿拉伯语，我们还经常谈论有关中国和埃及的新鲜话题。

李花当时只有 20 岁，活泼可爱，非常讨人喜欢。她对埃及的一切都很感兴趣，我们一起去过很多地方，去过亚历山大图书馆、卡特巴城堡、金字塔。李花喜欢拍照，她拍每一条街道，拍每一座城市，拍过塞得港、卢克索、阿斯旺、法尤姆。她想通过拍照，把埃及的风景介绍给自己的家人和朋友，把埃及的美丽永远留在自己的记忆里。

只可惜我们在一起的时间太短了，只有一年时光。李花以优异的成绩完成了她在埃及的学业，就要回到遥远的祖国。尽管难舍难分，我们终究还是要分别。临别的那天早上，我把她送到开罗机场，直到飞机起飞，我才离开。这一刻，我将永生难忘，既为她能很快与家人团聚而高兴，又为与一个好朋友的别离而难过。李花，祝你在中国过得幸福，我会经常想你的，想念我们在一起的快乐时光，盼望你再次回到埃及。

毕业后，我很快找到了自己的第一份工作，我非常荣幸地加入中建埃及分公司。能到世界最大的建筑公司工作，这对一个没有任何工作经验的应届毕业生来说，是多么的幸运，我必须倍加珍惜。

我负责的工程是阿拉曼新城超高层综合体项目，是公司仅次于埃及新首都 CBD 项目的又一个重要工程。

刚上班的时候，我是项目团队中唯一的埃及女孩，大家都很喜欢我，给了我不少的关心和帮助。我很快就没有了初来乍到的陌生感，完全和大家融在一起了。只要有一点进步，大家都不吝赞美，我得到了极大的鼓舞。

对我帮助最大的是我的好朋友刘月。刘月是我在项目上认识的第一个中国同事，从第一次见面起，我就对她有一种亲近感，后来她说对我也有这种感觉。看来，我们的友谊真是自然天成。

刘月经常给我介绍中国的文化习俗和中国人的处事方式，帮助我消除因为埃中文化差异而带来的隔膜感。每逢中国节日或项目举办文体活动时，刘月都会带着我一起拍摄视频，并详细给我讲解这些节日或活动的文化含义。相识以来，刘月带着我参加了春节和元宵节庆祝活动，还鼓励我参加项目举办的各种文体比赛，并叮嘱我"一定要取胜哦！"

刘月与我的大学同学李花一样，也是一个美食爱好者。她经常带着我品尝各种中国美食，我也经常带着她品尝各种埃及美食。我们在吃饭的时候，谈天说地，无话不谈，她给我介绍中国各地的美景，我也给她介绍埃及各地的美景。在聊天中，她得知我想到中国留学攻读硕士学位，不但热情地鼓励我，还给我讲解了几所知名大学的教育特色。

我妈妈得知我有一个中国好朋友后，非常高兴，希望我邀请刘月到家做客，她也想见见刘月。那天，我妈妈准备了丰盛的埃及饭菜，希望刘月能够品尝到饭馆吃不到的美味。刘月对这些饭菜非常好奇，把我妈妈做的各种饭菜用手机拍了下来，发给自己的妈妈，让遥远的中国家人也可以看到埃及美食，感受到埃及人的热情好客。刘月会说阿拉伯语，可以和我的家人轻松地交流，我们一家人都很喜欢她。刘月非常细心和体贴，在临别的时候，再三嘱咐我妈妈和家人，一定要注意防护新冠病毒，戴好口罩，做好酒精消毒，保持社交距离。

我常常在想，为什么埃中两国会成为好朋友？那是因为作为两个古老文明，我们都历史悠久，有着追求国家现代化的共同目标，天生就有一种亲近感，因而相互支持，相互帮助，必然成为好朋友。

这就像我和李花、我和刘月的友谊一样，人民的友好就是国家的友好。愿埃中友谊像一棵大树一样永远扎根人民，世世代代，生生不息。

我们的友谊像咖啡

穆罕默德·埃马德

我必须承认，我以前对中国和中国人了解得非常少，因为我没有去过中国，也没有接触过中国人。直到我去沙特阿拉伯工作，在那里接触到世界各国的人，也接触了一些中国人。于是，我便对中国产生了兴趣，从网上或其他渠道不断地了解中国。

回到埃及后，我参观了一次"新中国70周年成就展"，以及看了一本有关新中国历史的书，对于中国有了更深入的认识。但我依然对中国缺乏具体了解，不了解中国的文化习俗和民族性格，更不了解中国人如何与外国人打交道，因为我还没有一个真正的中国朋友。直到我有幸来到中建埃及阿拉曼新城超高综合体项目工作，工作和生活在一群中国人当中，结识到一批中国好朋友，才算对中国人有了真正的了解，解答了我对中国人的种种谜题。

我结识的第一个中国朋友是项目总工程师师旭先生，我习惯称呼他的英文名字"哈里斯"先生。他是一个性格开朗，善解人意的人。

后来我又结识了项目综合办主任刘洁女士，她是一个部门的负责人，精明能干。中国春节期间，她带着项目全体中埃员工参加联欢晚会，鼓励埃及朋友参加晚会的游戏节目，还邀请我们一起分享各种中国美食。

接着，我又结识了项目总包资料管理经理刘月，她对我的支持、帮助和鼓励都非常大，不但在业务上给了我不少指导，更帮助我提升工作责任感。在她的带动下，我的业务能力和工作水平不断提高。

我的这些中国朋友对我都很好，其中和我打交道最多、关系最密切的还是同一个部门的姜峰先生，他是我们资料管理部的经理。

刚认识姜峰先生的时候，因为语言不通，我们交流起来非常困难。后来，我们俩都慢慢地学习一些对方的语言，然后夹杂着英语和手势，沟通起来就越来越顺畅。再后来，我们不但一起随意聊天，还一起讨论工作问题和国际新闻。看得出，他是一个彬彬有礼、非常聪明、善解人意、心地善良、乐于助人的人。我们不光聊得来，还在工作上合得来，一起干活，一起解决工作难题，慢慢地，我们成了好朋友、好兄弟。

我很想让他了解埃及人的性格和风俗习惯，便邀请他一起品尝埃及美食，他觉得非常好吃。后来，我又邀请他一起品尝几款享有盛名的埃及流行早餐和甜点，他更是吃得津津有味，赞不绝口。看到他很享受的样子，我也特别开心。

我们俩还有一个共同的爱好就是喝咖啡，每当休息的时候，我们俩一边喝着咖啡，一边聊着家常。他会跟我聊他远在中国的亲人和朋友，并拿出亲友的照片和我分享，此刻，我知道他是多么想念祖国和亲人。我也会拿出我跟亲人和朋友在一起的照片和他分享，他也会为我与亲友的幸福而开心。

当然，我们俩在一起的时候，也常常用手机拍照合影留念，我们都会把合影发给各自的亲友分享，亲友们也会为我们的跨国友谊而开心。我的亲友看到我跟姜峰先生的合影，都想认识他。不过，还得等等，我一定介绍我的这位中国朋友跟他们认识。

姜峰先生对朋友很热心体贴，很会照顾人。他不但在工作上对我帮助很多，在生活中也经常对我照顾有加。他买水果的时候，总是送一份给我。他去超市购物的时候，总是顺便买一盒咖啡送给我。我每天至少要喝 3 次以上的咖啡，这个习惯，他记得清清楚楚。

每逢中国的节日，姜峰先生都会邀请我参加联欢活动，邀请我品尝中国的美味佳肴。

现在，我们的项目正在推进中，每一个人都忙忙碌碌，有时紧张得喘不过气来。

姜峰先生看到我疲惫的时候，就会说一声："你先松口气吧，喝杯咖啡，我会替你做的。"

听到这句话，我感到十分温暖，我们的友谊就像杯浓浓的咖啡。好吧，那我先喝杯咖啡，提提神，然后再好好干活。

我们称她 "中国铁娘子"

纳德尔·扎奇·穆罕默德·艾哈穆德

　　我叫纳德尔，是中建埃及阿拉曼新城超高综合体项目的一名员工，现在在 D01 楼项目担任高级文档控制员。

　　我到这里工作，不仅仅是为了完成一份公司分配给我的任务，而是想用中建这个大平台提升自己的综合能力，拓展自己的职业空间。在这里，我可以学习到许多新的业务知识，结识更多的中国朋友，感受到埃中文化交流的友好氛围。

　　在加入中建公司之前，我在几家埃及公司也从事过相同的工作，碰巧有阿拉曼新城项目的埃及籍女同事也曾和我在同一家公司工作过。来到这个项目以后，我认识了许多中国女同事，感受到了她们不一样的工作风格。

　　这里我要谈谈我的中国好朋友周慧梅女士，她的阿拉伯语名字叫 "乌姆尼亚"。她是 D01 楼项目综合管理部负责人，这个部门管理着项目许多重要的行政业务。在她的手下工作，我常常会从她身上感受到只有男子才有的领导魄力：意志坚定、雷厉风行，所以我的许多埃及籍同事都称呼她是"中国铁娘子"。

刚到项目的第一天，我就见到了她。当我正准备用英语和她打招呼的时候，她却先蹦出一串阿拉伯语问候我，这让我相当惊讶。大家都知道，阿拉伯语是一门古老的语言，而且方言很多，对外国人来说学起来很不容易。而周慧梅女士不但阿拉伯语普通话讲得很好，而且一些方言也讲得很流利。在阿拉曼新城项目，她可以与任何埃及人无障碍地交流。

周慧梅女士的工作经验无疑是非常丰富的，专业能力也十分强。因此，我经常会向她请教。对于我提到的每一个问题，她都能很快地回答，对于我遇到的任何困难，她都能帮我完美地解决。一开始对她，我只是惊讶，后来我只有敬佩了。

我很想知道，周慧梅女士是如何与其他人合作共事的，面对突发问题是如何果断地做出决定，拿出行之有效的解决方法的。我觉得周慧梅女士身上有一种"谜"，这种"谜"大概是中国女性特有的。所以，了解了她，也就了解了中国女性。

尽管周慧梅女士在工作上十分严谨，但是她与每一位埃中同事都能够和睦相处，对每一个人都宽厚包容。她是我们的领导，但与大家一点都不疏远，人人都很喜欢她。每逢项目有什么活动，她都会邀请我和其他埃及同事们一起参加，并送每人一份精美的礼物。如果遇到中国节庆活动，她不但邀请我们这些埃及朋友参加，还会向我们讲述这些中国节日的文化含义，让我们对中国因此有了更多的了解。

她最大的优点就是遇到重要的事情，会征求大家的意见。有一天，周慧梅女士找到我，她想组织一个志愿者服务活动，希望埃及和中国同事都能够参与，让我帮她出出主意。我谈到，阿拉曼中学和我们项目很近，我们可以与学校师生一起植树，美化一下学校环境。她听后，当即说了一声"好主意"。

于是，在3月2日，我们就组织了一场别开生面的植树活动，项目上的埃中志愿者和阿拉曼中学的许多师生都参加了。我们一起挖土，浇水，种下了许多树苗。植树活动结束时，她代表项目向阿拉曼中学师生赠送了学习用具和礼品，我们还与学校师生合影留念，一起将这次美好的植树活动刻记在心灵深处。

其实，我们种下的不只是树苗，更是埃中两国人民纯真的友谊。

一起守护心中的那轮明月

贾西姆·穆罕默德·阿卜杜勒·卡维·穆罕默德

我叫贾西姆·穆罕默德·阿卜杜勒·卡维·穆罕默德，是一名安全工程师，在中建埃及阿拉曼新城超高综合体项目安全部工作。

2018年，我来到中建埃及新首都CBD项目，后又调到中建埃及阿拉曼项目。工作以来，我深受周围中国同事的影响，他们热情善良和乐于助人的品质深深地感染了我，我非常热爱这个团队。

2020年初，新冠疫情侵袭埃及，中国建筑充分展现了大企业的社会责任和担当，向埃及卫生部捐赠了大量的医疗防疫物资，包括呼吸机、医用防护服、口罩、隔离面罩和医用一次性手套等。我注意到捐赠物资箱上，并排贴着埃中两国国旗和一句中国古诗："青山一道同云雨，明月何曾是两乡。"我很好奇，但不知道这是什么意思。

后来，我就请教我的好朋友张中坤先生，他向我解释道，这是著名的中国古典诗句，这两句诗的意思是：虽然你看不见我，我也看不见你，但是你我行走的道路山水相连，经受的风雨来自同一片天空；你我虽然身处两地，但看到的却是同一轮明月，同一轮明月让你我有了共同的牵挂。我听后觉得他的解释非常好，这两句诗蕴涵的不正是埃中两国人民"人分两地、情同一心"的深情厚谊吗？因此，我非常喜欢这两句中国古诗。

我身边有很多中国好朋友，但最好的朋友还是张中坤先生，他是阿拉曼新城项目的安全总监。张中坤先生与我的年纪相仿，但他已经是在海外工作了多年的"老海外"了，他去过苏丹、阿联酋、埃及等多个国家。和他共事的这段时间，我发现他是一个经验丰富、业务能力超群的安全管理专家，跟着他，我学到了不少专业知识。

他认真敬业的精神也深深地影响了我。他总是和我说，安全管理不光要发现不好的地方，更要有一双发现美的眼睛。在他的全力推动下，"全员安全"不仅仅是阿拉曼新城项目安全管理的一句口号，更是项目全体埃中员工的共同目标。有一次，我和他一起例行巡查，他发现一名埃及籍普通架子工主动制止了同伴的不安全行为，并帮助同伴穿戴好安全带。他立即捕捉到这一良好的"干预行为"，当场对这名埃及籍工人进行了口头表扬，随后又在安全大会上对这名工人进行了奖励，并邀请他担任"一日安全官"，向全体埃中员工分享他的安全经验。通过这类安全示范活动，大家的安全意识普遍提高，现场的高空作业安全现状也发生了根本的改变。因此，作为一名专业的安全员，我从心底里非常佩服张中坤先生。

在工作之外，张中坤先生还特别风趣幽默，对历史文化非常着迷。他经常和我交流有关埃及的历史知识，他告诉我，从来到埃及的第一天，他就深深地爱上了埃及，因为埃及和中国一样，有着悠久的历史和深厚的文化底蕴，更重要的是埃及各地到处充满了"生活的烟火气"。他总是喜欢让我带着他穿梭在城市的小巷子里，看着来来往往的埃及老百姓，听着周边嘈杂的吆喝声，听我给他介绍埃及的人文和历史文化。我和他都很享受这个过程，这让我们俩都很放松，当然，我更为他非常喜欢我的祖国而感到骄傲。

现在，我们俩每天都一起，肩并肩行走在阿拉曼新城项目的工地上，我们共同守护着全体埃中员工的生命安全。我们俩都为自己的这份职业感到无比光荣，因为我们不单单是守护着一个个同事，更是守护着某个人的儿子、丈夫或者父亲，我们守护着全体埃中员工的家庭幸福。

我想，大概头顶上的一轮明月就是张中坤和我心中的安全。我们守护着明月，希望明月照见我们的家人，照见我们每一个家庭的团圆和平安。

第二辑
我们的友谊像传说

我们的友谊像传说

王雨嫣（米尔娜·穆罕默德·阿明）

    感觉依旧，恍如昨日。虽然已经过去多年，我依然记得 2017 年 8 月 23 日的那个晚上，在北京遇到了我在中国的第一位中国朋友李晓红。

    那是我第一次从开罗飞到北京，第一次来到中国，在北京的一所大学开始了为期一年的中文学习。自从来到中国，我经历了太多太多的第一次，我每每想起都会回味无穷。

    刚开始接触汉语的时候，我就梦想着有朝一日能够到中国这个世界上最美丽最神秘的国家去看看，亲自体验中国古老的文化和丰富多彩的风土人情。虽然埃及和中国都有着世界上最古老的文化，但是两者之间还是有不少差异，只有身临其境，才能有真实的感受。为了这个美丽的梦想，我努力学习汉语，多次参加了汉语分班考试，最终获得了去中国留学的机会。

    来到中国的那一刻，本以为自己可以独立解决所有问题，毕竟我对自己的中文还是挺自信的，谁承想还是遇到了不少困难，一路跌跌撞撞的。终于到了留学的那所大学校园，我去前台咨询并登记入住资料的时候，本想这下可以松口气了，可哪里想得到跟宿舍老师根本无法沟通，我说的汉语，对方听不懂。就在我十分着急，几近崩溃时，李晓红正好看到我的窘态，马上走过来想帮帮我。他当时是北京对外经济贸易大学三年级的学生，虽然英语不是很流利，但还是帮我和宿舍老师做了非常有效的沟通，我的住宿问题很快得到解决。不仅如此，他还带着我购买各种生活用品，在买东西时教我如何"砍价"，帮我把买到的东西搬到宿舍。

我独自一个人在北京，人生地不熟，在埃及学的汉语还不足以与中国人沟通，正是因为李晓红的出现，让我有了第一个中国朋友，我的生活才不至于那么狼狈。我想到中国穆斯林餐厅吃饭，我所在的大学旁边的穆斯林餐厅并不多，我担心找不到穆斯林餐厅，又害怕一个人出去。这时候，又是李晓红帮我找到合适的穆斯林餐厅，并陪着我一起吃饭。果然，中国美食名不虚传，虽然我在埃及吃过中国菜，但是本土的中国菜跟埃及的中国菜还是很不一样，也超出了我的想象。李晓红非常了解穆斯林饮食的禁忌，帮我列出了商店和市场上哪些食品不适合穆斯林购买，这让我为他的细心再次感动。

虽然遇到这个中国朋友的时间很短，但是我们很快感觉到亲密无间，好像随时就在对方的身边，即便是在上课和学习的间隙我们也会联系，我也不再感到孤独，似乎找到了一种依靠。

春节是中国人最重要的节日，当中国春节即将来临时，我对这个节日的仪式和内涵还是一无所知，只知道春节是回家探亲访友的最佳时机。李晓红为了让我能够亲身体验春节的气氛，特地买好机票带我去了他的老家。在他的老家，我们一起包汤圆，一起吃年夜饭，一起放烟花，一起串门走亲戚，我还收到不少红包。中国人的热情好客和淳朴善良深深地吸引了我，我对春节有了深刻的体验，也喜欢上了春节，更爱上了中国，希望在中国长久地生活下去。

时光如梭，一年的时间很快过去，我的留学生活结束了，我回到了埃及。尽管此后大家各自忙碌着，但我与李晓红一直保持着联系。虽然过了一年又一年，可我始终相信命运还会让我们再次相见。

从开罗大学毕业后，我参加了汉语水平考试，获得了对外汉语教学硕士奖学金，在读硕士之前，我在中建埃及分公司工作了一段时间，担任人力资源助理总监。

之后我又去了中国上海攻读硕士学位，我很想见到李晓红，想了解一下他的近况，于是和他取得了联系，得知他从大学毕业后，也就职于中建公司，并且即将要去埃及工作。我们相约在我暑假回埃及时见面，到时候我带他去埃及各地看看。

不巧的是，当我暑假回到埃及的时候，李晓红正好也回中国休假了。后来，因为新冠疫情，我再次回到了埃及，而李晓红也因同样的原因没有返回埃及。一年后，我顺利获取对外汉语教学硕士学位后，重新回到中建埃及分公司工作，参加埃及新行政首都建设，巧的是李晓红也来到这里工作。

命运终于让我们时隔多年后再次相见。老友重逢，格外亲切。我陪着李晓红参观埃及名胜古迹，品尝埃及美食，了解埃及的历史文化和风土人情，我们还相互交流各自对生活和工作的看法。可是，好景不长，因为家庭原因，李晓红不得不离开埃及回到中国国内工作。尽管如此，我们仍然保持着联系，无论走到哪里，我们都是好朋友。

我们岂止是好朋友，应该说李晓红还是引领我人生道路的老师。

他帮了我很多，让我懂得好多人情世故，让我明白好多人生道理。虽然埃及文化和中国文化有很多不同，但是也有很多相同的地方，其中最相同的地方莫过于把友谊看得无比珍贵，两国的传统文化、宗教典籍和现实生活里都有许多关于友谊至高无上的故事。我和李晓红的友谊，跨过了国界，跨过了千山万水，经受住了时间和空间的考验，好像传说一样神奇。我们彼此都真诚地希望再次相见，在埃及也好，在中国也好。虽然天各一方，但我们彼此心灵相通，我们都在为对方默默地祝福，都在为我们的友谊祝福，愿我们的友谊地久天长。

我与胡文明先生一起建设 CBD

阿穆尔·艾哈迈德·阿卜杜勒·拉蒂夫·卡麦勒

在美国得克萨斯州工作了 15 年之后，我回到了祖国埃及，然后在埃及非常大的建筑承包商 Orascom 工作了 20 多年。

我曾经负责过新首都第一个竣工工程——"钻石酒店"项目，在这个项目我认识了一群中国同行。那是 2016 年这个项目刚开工的时候，有一个中国工程师代表团来到我们工地参观，与我们一起见证新首都的第一个项目的基础筏板浇筑。

在这次参观活动中，我从中国同行那里得知中国承包商要参与埃及新首都建设，我非常高兴，也非常愿意借此机会了解他们并与他们交流合作。尽管因为工作忙碌一直没有机会去中国看看，但我一定会利用建设新首都的机会了解中国同行和中国文化。

2020 年初，埃及 Income 公司邀请我担任副总经理，工作职责主要是为中国建筑在新行政首都 CBD 项目的技术工作提供支持。我便想起了中国工程师代表团参观"钻石酒店"项目的情景，这个新的工作岗位正好为我创造了和中国同行打交道的机会。当我来到了新首都 CBD 项目工地，眼看着一座座高楼不断地长高，内心十分震惊，更敬佩中国同行精干的工作作风。

这年 4 月，我正式加盟 Income 公司，开始了与中建团队打交道的日子，也接触和认识了胡文明先生。为了便于和中建团队交流，没过多久，我就将自己的办公室搬到 CBD 项目现场。

我来 CBD 项目的时候，有几栋高层建筑已经到了主体结构收尾阶段，而机电工程才刚刚开始。因此，我与中建机电团队的接触比较频繁，与胡文明先生打交道的次数也越来越多。起初，我们的交流主要局限在工作方面，随着交往的日益密切，我们就慢慢变成了非常要好的朋友。

胡文明先生工作阅历丰富，令我十分敬仰。他在多个国家从事过许多重大工程的建设，不但具有渊博的理论知识、扎实的实践功底，还具有高超的管理和协调能力，善于处理各种复杂问题和应对各种困难局面，他带领的机电工程师团队非常优秀和强悍，是 CBD 项目建设中一支骨干队伍。

我注意到，胡文明先生作为中建机电团队的领导，肩膀上的压力非常大，尤其是在新冠疫情期间，他长期不回国，一心扑在工作上，拼命地想把被疫情耽误的时间抢回来。

我还注意到，胡文明先生在中建机电团队享有很高的威望，大家都很佩服他，都愿意听他指挥。的确，我们每天都可以看到，他们在胡文明先生的带领下，一直坚持尽自己最大的努力争取项目早日顺利完工。

从胡文明先生和他的团队身上，我终于明白了中国用短短几十年成功地跃升为世界经济强国的原因，那就是中国老百姓身上有一种为了美好生活而敢于奋斗和牺牲的精神。在中国企业走向国际舞台的过程中，这种精神更为宝贵，而胡文明先生和他的中建团队正是中国建筑行业国际化的优秀代表。

通过和中国朋友的来往，我也了解到许多中国历史和文化知识，中国大力支持并积极参与许多发展中国家的现代化进程，尤其是"一带一路"倡议深受世界各国人民的欢迎。埃及和中国都是世界文明古国，都具有几千年悠久的历史和相似的经历，都是爱好和平的国家，都在努力实现各自国家的现代化，都在为各自的人民创造更加光明和美好的未来。

埃及和中国正在进行许多重大项目的合作，我相信这些合作一定会取得成功，我和胡文明先生正在建设的新首都 CBD 项目就是最生动的例子。

非常荣幸，能够与胡文明先生等中国朋友一起建设我们的新首都；也非常期待，将来有更多的项目与胡文明先生合作，一起创造埃中友好新的未来。

我和田伟博士一起去中国

艾哈迈德·芒杜

    大概是 2018 年底吧，我第一次跟中国人打交道，那是因为我所在的公司正在就埃及新首都 CBD 项目与中国建筑集团进行合作。我们公司是埃及最大的建筑咨询公司 DAR，我在那里担任幕墙工程师。我们的合作伙伴中国建筑集团是全球最大的建筑承包商，在全球各地承建过许多大型建筑。

    我们合作的项目埃及新首都 CBD 项目，由 20 栋单体建筑组成，其中的标志塔项目高达 385.8 米，是非洲最高的摩天大楼。

    在设计论证阶段，我们每天都要与在埃及工作的中国工程师一起开会研究设计方案。初次接触，我就感到这些年轻的中国工程师工作非常认真，十分敬业，一天到晚都在忙碌着，因为项目的工期很短，留给设计的时间更短。

    2019 年全年，作为一名普通的埃及青年工程师，我几乎每天都与这些来自遥远中国的年轻人在一起工作，我们之间建立了深厚的友谊。出于工作的需要，以及与中国朋友交流的方便，我要求我方工作人员在整个项目运作期间都要留在现场。这样，我们就可以经常去工地，经常与中国朋友及其他各方朋友面对面交换意见，工作效率也因此而有了显著的提高。

这一年，和中国朋友在一起是非常愉快的，也是十分忙碌的。到了年底，眼看着一年的忙碌就要告一段落了，我收获到了一份惊喜。公司安排我尽快前往中国上海，跟踪幕墙技术测试事宜，以便按照计划在中国制作，并运输到埃及，然后在新首都 CBD 项目中安装。

由于时间紧、任务重，我在上海只待了短短的 5 天时间，任务一结束，片刻也未停留，立即返回了埃及。

回到埃及后，我在继续着幕墙设计方面的工作，重点是标志塔项目的幕墙设计。这期间，我有幸结识了我最重要的中国朋友田伟博士，他是标志塔项目的总工程师。我还记得，第一次与田伟博士相识是在一次有关标志塔幕墙加快进度及缩短工期的研讨会上。当时标志塔的幕墙工作因为疫情等原因有所延误，埃及总理马德布利博士在视察现场后提出了加快工期的要求。田伟博士在做了详细的分析后，发现单元式幕墙常规的逐层安装方法无法满足工期要求，于是提出了一个独特的解决方案，那就是在幕墙中部设置一个收口楼层，同时将收口楼层单元幕墙常规的插接连接节点，改为平推连接节点。这样可以将塔身分成上下两个区段同时安装，当下部区段幕墙安装到收口楼层时，再将收口楼层进行封闭。上下两个区段可以分别由两个安装团队同时安装，比从底层到顶层逐层安装方式的工效至少提高一倍。

这个方案不仅大胆、新颖，而且切实可行。我当即就表示赞同，同时也补充了一些有助于保障收口楼层性能的建议。

正是这件事情，让我十分钦佩田伟博士的才华。随着交往的加深，我们俩自然也成了非常好的朋友。

因为受到新冠疫情的严重干扰，2020 年上半年的各项工作都进行得十分艰难，工程进度更是受阻，标志塔的幕墙制作受到的影响尤其明显。

于是，我们 DAR 公司与中建埃及两个合作伙伴开始筹备第二次去中国验收标志塔幕墙的 VMU 和 PMU（视觉样板和性能试验）。当年 12 月，由田伟博士带队，我们埃中两国的工程师团队开始了第二次中国之行。田伟博士丰富的工作经验和出色的工作能力，已经在标志塔结构施工中得到了证明。可以确信，由他带队，我们的"中国之行"一定会取得成功。

因为新冠疫情，中国制定了严密的防疫措施，申请中国入境签证比平时更加严格。刘祖龙工程师不厌其烦，帮助我们处理了各种签证过程中遇到的问题，使我们顺利拿到了签证。

一切都准备好了！我们团队所有成员的核酸检测均为"阴性"，中建埃及分公司还专门安排了一名中国工程师一路陪同我们，以便帮助我们处理行程中的各种问题。他们认为，疫情期间遇到的检查和需要办理的手续会更多。

事实证明，中国朋友考虑得非常周到。第二次中国之行与第一次完全不一样。从开罗出发，一直到航班抵达成都，再到酒店隔离，每一个环节都需要办理与新冠疫情相关的各种手续和检测。

我们顺利到达隔离酒店后，开始了 14 天的隔离。在隔离期间，田伟博士每天都与我们沟通，要我们耐心地等待隔离期的结束。他再三向我们表示，尽管会遇到各种困难，但他一定会将各种问题处理好，保证完成工作任务。

在成都的隔离刚一结束，田伟博士就在酒店门口迎接我们。然后，我们一起乘车去成都机场，飞往上海。一路上，他帮我们办理各种手续、填写健康码等，对我们照顾得非常体贴。

我们抵达上海后，原定的幕墙验收和测试计划因南京疫情的影响推迟10天。这时候，田伟博士提出，利用这段时间考察一下幕墙的材料供应商和加工厂，比如铝材加工厂、配件加工厂、铝板加工厂和幕墙生产厂，这样将会增加对标志塔幕墙的产能供应和质量的信心。

我们从上海出发去了南平、深圳、广州等几个南方城市，考察了那里的铝材厂、幕墙配件厂、铝板加工厂和幕墙加工厂。这次我们乘坐高铁，一路上青山绿水，风景秀丽，气候宜人。

在安排行程时，我注意到田伟博士像平时工作一样，非常在乎每一个小细节，每一件事情都安排得有条有理，有始有终，让我们这些外国人无论在旅途，还是在考察工厂时，都能够获得不同的文化体验。比如，我们去了这么多地方，根据不同地域的自然景观，他安排我们或坐高铁或坐飞机，以便观赏；每到一个城市，在吃饭的时候都会安排我们品尝当地特色食物，让我们体验中国美食的丰富多彩。

有一件事情让我记忆深刻，也让我见识到田伟博士处事的冷静和果断。有一天，我们考察完一家铝型材厂之后，带着一身的疲劳，按照原定行程安排抵达某市一家事先预订好的酒店。可是，出乎意料的是，由于种种原因，我们未能入住。于是，田伟博士迅速做出决定，改变行程，当晚赶往福州市。福州是我们后面行程的必经之地，我们当晚到达福州并不影响后面的行程。

出发前，田伟博士用电话预订了酒店并沟通了入住事项，到达福州后我们顺利入住。办完入住手续后，已经晚上 12 点了。我们就在酒店附近找了一家还在营业的小烧烤店坐下来，小小的店铺，很有生活气息，氛围和埃及的小店很像。我们简单吃了一顿福州烧烤，便把路途中的波折全部抛到了脑后。

我们结束了对幕墙材料加工厂和供应商的考察后，又回到了上海，开始跟踪计划中的幕墙验收和测试工作。但是，由于加工和安装的时间紧迫，初步测试的幕墙样板的个别技术参数没有达到我们的要求，这让我们有点失落。尽管这不是最后的验收，但我们担心如果不尽快处理，这将会影响幕墙单元的大规模生产，而且因为疫情，我们很难再一次来中国进行验收。

面对这种令人尴尬的状况，田伟博士在认真思考后，提出了自己的解决方案，那就是将幕墙样板分成两部分进行处理：第一部分是技术难度高而数量比较少的单元，包括拉链梁和周边的三角形幕墙单元，这次验收通过难度较大，可以下次验收，在南京加工厂组装完成后进行视频验收或者小样品送到埃及验收；第二部分是技术难度相对低而数量多的标准单元，这部分占到总体量的 75% 以上，以一周时间为限，尽快加工制作和整改，然后再进行第二次验收。验收完成以后就可以大批量生产，这样就可以保证整体的进度。

事情的进展的确跟田伟博士设想的一样。第二部分的幕墙单元很快完成了整改，质量有了显著提高，顺利通过了验收。这个结果也让幕墙厂家有了信心，后期幕墙标准单元的加工进度有了大幅度提升。而最难的部分，后来通过在中国的视频验收和在埃及的构件验收也得到顺利解决。

这次中国之行结束不到半年，标志塔项目就开始了幕墙标准单元的安装，随后开始了拉链梁的安装，此后的进展如奇迹般的迅速。如今整个幕墙工程已经接近尾声，即将封顶。

这次和田伟博士一起去中国，除了工作外，我最大的收获就是亲自体验了丰富多彩的中国文化。我们都知道，中国与埃及一样具有悠久的历史和古老的文明，祖先都留下了丰富的文化遗产，两国都在进行着新的现代化进程。

田伟博士应该了解我们这些埃及朋友的心思，尽力地向我们展示着优秀的中国文化。我们在体验中国文化的时候，也会不自觉地与埃及文化进行比较。比如，中国人喜欢吃火锅，这是家人团聚和朋友聚会最受欢迎的美食，用餐气氛非常热烈，有点像埃及人围着餐桌的家庭聚餐。中国美食享誉世界，我们品尝了许多中国菜，尤其是北京烤鸭，好吃极了。我因此也了解到，餐饮文化在中国文化中具有独特而重要的地位。

我们在工作之余，也参观了一些经典建筑，比如，上海东方明珠电视塔、世界第三高楼上海中心大厦，还有上海著名景点老城隍庙。上海，这个远东地区最大的现代化都市给我留下了十分美好的印象。

回到了埃及，我和田伟博士一起，继续埋头建设着我们的新首都。我们一定要将新首都建设好，新首都不仅凝聚着埃中两国人民的深厚友谊，也见证了我和田伟博士之间的纯洁友情。我想，将来的新首都一定会像上海那样繁华美丽，那样高度现代化。

像月亮一样的中国朋友

穆尼拉·贾马西

　　记得有一年9月中旬的一天中午，我正在阿拉曼新城超高层综合体项目办公室休息，我的好朋友刘月像往常一样走过来和我聊天。聊了一会儿，她突然悄悄地对我说："送您一份节日礼物，希望您喜欢。"接着，她从礼品盒里拿出一块看起来像蛋糕的圆形食品，要我尝一尝。我很惊讶，以前没有吃过这种东西，便好奇地问她："这是什么食品？是什么节日吃的？有什么特殊的含义吗？"对于我的好奇，刘月似乎一点也不意外。她看了看礼品，又看了看我，小声地说："这不是蛋糕，这是'月饼'，是中国人庆祝中秋节的美食，象征着团圆和美满。中秋节在中国是仅次于春节的传统节日，对中国人来说非常重要。"

　　接着，刘月给我讲了有关中秋节的传说和文化含义。她说，每年中国农历八月十五日就是中秋节，一般在公历的9月中旬至10月上旬。中国人认为中秋节这天晚上的月亮特别圆特别亮，恰逢收获时节，是一年之中最美的夜晚。当满月升起的时候，全家人聚集在一起，欣赏着一轮圆月，品尝着月饼，吟诗作赋，唱歌跳舞，多么欢乐和幸福。这是一个合家团圆的节日，也是一个赞美幸福和抚慰乡愁的日子。

刘月还说，中国人认为月亮上是有生命的，有嫦娥、有吴刚、有桂花树、有玉兔。她还给我讲了嫦娥奔月和后羿射日的故事，嫦娥和后羿本来是一对情人，可惜的是自从嫦娥奔月后，他们永远分开了，后世的人看见月亮，就盼望他们再次团聚。经过几千年的沉淀，月亮已经成为中国最重要的文化图腾，中国有大量的诗篇都在赞美月亮，对月亮的赞美也都融入人们的日常生活。刘月说她的中文名字就有"月"字，这是父母对她最美好的祝福。

哦，经她这么一说，我才明白了"刘月"跟月亮有关，多么美好的名字，寄托了父母对她最深沉的爱。

说起月亮，埃及人也有不少神奇的传说和民间习俗。在 7000 年前的古埃及法老时代，每逢月食，古埃及人就会走出家门，在大街小巷唱着古老的歌谣："天堂的姑娘们，让月亮出来吧"，希望通过自己的歌唱和呼喊将月亮拯救出来。现在，古埃及胡尔神的追随者仍然遍布埃及各个省，他们将这个民间习俗一直保留到现在，他们还在日食的时候对着月亮唱歌，以求和神灵沟通。

在阿拉伯文化里，月亮也有着非常重要的寓意，"新月"象征着新生，"满月"象征着吉祥，清真寺和宣礼塔会用"新月"来做装饰，许多阿拉伯国家的国旗都有"新月"，阿拉伯人也习惯给孩子用"月亮"起名。

可以说，对于月亮的喜爱和崇拜，埃及人与中国人有许多相似的地方。因此，我也喜欢吃中国的"月饼"，我更喜欢像月亮一样的中国朋友刘月。

李辛欣带我走出至暗时刻

阿卜杜·哈里克·赫利

我常常给朋友们说："我没有去过中国，但我住在那里。"朋友们不明所以，此话怎么讲？也许你只有在听了我的故事以后，才会理解我要表达的深意。

2018年4月1日，我来到中建埃及新首都CBD项目，那个时候，工地还是一片荒漠。几年后这里高楼林立，还建了一座"非洲第一高楼"——标志塔，用不了多久这里就会成为一个现代化的城市。

在沙漠里建造一座现代化的城市，这对中建公司和埃中两国员工来说，都是一个巨大的挑战。但是，经过艰苦努力，我们成功地应对了挑战，我们用实际行动证明了自己的力量。

俗话说："只有战胜困难，才能赢得胜利。"像公司团队在这个项目遇到不少困难一样，我自己在这个项目也遇到过不少困难。起初，我在工地为中国员工建设宿舍，担任现场工程师，负责机电工程。由于语言、文化和技术背景的巨大差异，我与中国人的沟通交流出现了障碍。但我没有气馁，而是不断地学习，研究中国文化和技术，不断地培养自己的沟通技巧。经过努力，事情慢慢好转起来。

但是，正当我的工作开始有所起色的时候，我的个人生活却发生了一次重大变故，让我痛苦万分，我的心理状态越来越糟糕，最终被医生诊断为严重的抑郁症。我的精神疲惫不堪，对任何事情都无法进入状态，以致工作任务经常无法完成。周围的人看到我的精神状况，也非常震惊和担忧，他们试图帮助我，但都无济于事。

有一天，项目领导交给我一项任务，我花了很长时间努力去做，但是，工作依旧理不出头绪。所有的同事都下班了，时间一个小时接着一个小时过去了，我孤独地坐在自己的工位上，工作却毫无进展。已经晚上 11 点钟了，我还要不要回家？工作还没有完成，我该怎么办？我是否应该为此而向领导道歉？如果这项任务是领导对我能否留在公司工作的最后考验，我丢了这份工作该怎么办？那以后的生活如何着落？所有的问题都在我的脑海中盘旋，我想得越来越多，压力越来越大……我要崩溃了，我的眼泪哗哗地流了下来。

这时，一个细小的声音传来："你怎么还在这里？你怎么还不回家？"我好像连移动一根手指的力气都没有了，更无法转动身体去看他。他以为我没有听见，便放大了声音："你睡着了吗？"我慢慢地抬起头来，想知道声音的来源。他看见坐着的人是我，一脸惊诧："你为什么哭？发生什么事情了？"哦，原来是我们部门经理李辛欣，他看见我的办公室没有关灯，就寻着灯光过来了。

我缓慢地告诉他，我遇到了严重的心理危机，我患上了抑郁症，我要崩溃了。我以为他知道了我的精神状况后，会做出解雇我的决定。但是，他没有，反而是更加温和地对我说："工作没有完成没有关系，我们不会开除你的。我们是一家人，我会帮助你克服所有的问题，你会好起来的！"

他接着说："我很了解你的能力，你是一个非常优秀的工程师。你现在要做的是必须集中注意力，排除各种干扰，不要让任何人任何事偷走你的梦想。"他的最后一句话说得非常好，"不要让任何人任何事偷走你的梦想"。正是这句话点醒了我，改变了我此后的认知方式。在我们的谈话就要结束的时候，他补充了一句："过一段时间，将安排你负责现场工程质量管理，你要做好准备。"

果然，一切似乎都在改变。过了一段时间，我搬到现场，开始负责现场工程质量管理和 C11 与 C12 两栋办公楼的机电工作。从那时起，我的性格开始变得开朗起来，我和现场工人、工程师和工程顾问的工作配合得也越来越好，遇到任何问题，我都会适时地拿出合理的解决方案。我又回到了原来的样子，一切都变得越来越好。

搬到现场后，李辛欣一直远远地注视着我，他不时地发送一些励志的话来鼓励我、安慰我。有一天，我在休息的时候，画了几幅画，他看到后十分欣赏，还说我很有艺术天赋。他还将我会画画的事情告诉人力资源经理。过了几天，人力资源经理找到我，请我为一个项目高级主管画一幅像，因为他很快就回中国工作了，想在埃及留一个纪念。我画完这幅肖像后，这个高级主管十分喜欢，感觉和他本人非常相像。他还让我在这幅肖像画上签名，以便带回中国给家人看，他把这幅肖像画看成我送给他的礼物。

我画肖像画这件事情，很快在中国朋友间传开了，他们每个人都请我为他们的妻子、儿子、女儿画一幅画，因为他们很长时间见不到家人，想通过这些肖像画表达对亲人的思念。能够用绘画拉近亲人之间的距离，寄托远方的思念，我觉得自己的作品很有价值。我在绘画的时候，能够真切地感受到每个人脸上洋溢着幸福，当他们向我要签名的时候，我也能够感受到他们的郑重其事和对我像艺术家一样的尊重。有时候，我还会看到他们与家人视频的时候，拿着我画的肖像画向家人展示，我内心也像这些中国朋友一样充满着幸福和喜悦。

在埃及新首都 CBD 项目，我每天都生活在中国人中间，感觉就像在中国一样。我也知道，我的画连同画上的签名将被带回中国，那样的话，我的作品和签名就会生活在遥远的中国，就如同我本人在中国一样。这就是为什么我会说"我没有去过中国，但我住在那里"的原因。

人之所以感到幸福，是因为发现了人生的价值。感谢我的好朋友李辛欣，是你让我重拾自信，是你让我发现了自己生命的价值。

我发现了中国朋友身上的优秀品质

纳比尔·卡玛尔·阿卜杜·努尔

我从小就对中国历史感兴趣。我大学本科是在埃及哈勒旺大学旅游学院学习埃及法老时代历史专业。经过比较，我发现埃中两国古代文明有许多相似的地方，两国都有悠久的历史和辉煌的古代文明。

因为对中国历史感兴趣，我开始深入了解中国文明的各个方面，比如语言文字、文化习俗、民族特征等。我还经常将中国文明与埃及文明做比较，试图发现两者之间相似的地方和不同的地方。

在大学本科选择选修语言课的时候，我选择汉语为自己学习的第三种语言。毕业后，我在旅游团做汉语导游，通过与中国游客交流来提升自己的汉语表达能力。后来，我又进入孔子学院和开罗中国文化中心学习汉语，汉语表达能力又有了一些进步。

我原本计划将汉语导游作为我的长期职业，可是，非常不幸，2011年埃及的旅游业受到沉重打击，我不得不转行做别的工作。但是，我一直坚信学习汉语是有用处的，我还是有机会练习汉语的。

也许是缘分吧，2019年11月，我入职中建埃及新首都CBD项目P5标段，做人力资源经理的助理，我学习的汉语又有了用武之地，这让我感到十分欣慰。

我们的人力资源经理叫陈鑫华，他的性格十分开朗，爱好广泛，工作能力也很强。我们配合得非常默契，合作得非常愉快。我们一起把本标段的人力资源工作搞得顺顺当当，赢得了埃中两国员工的信任和好评。

其实，我来中建工作的最大愿望，就是重新开始我的汉语学习。于是，我和陈鑫华经理商量好相互学习对方的语言，我教他阿拉伯语，他教我学汉语，而且不但学习口语，还要学习文字书写。

可是，又一件不幸的事情发生了，新冠疫情暴发了。因为防疫措施的需要，我和陈鑫华经理暂时分开办公，相互学习对方语言的愿望只能暂时搁置起来。尽管如此，我仍确信有一天还会跟着中国朋友学习汉语，了解更多的中国文化，为埃中友好做点事情。

众所周知，中建集团是世界最大的建筑企业，技术和管理工作世界一流，能来这家企业工作，对我来说机会难得，无比荣幸。跟着陈鑫华经理，我学到了不少知识和工作经验，我的沟通能力提高了，业务水平也不断增长。我不但能够独立地完成本职工作，还能够很好地完成临时交代的其他任务，而且我的性格和处事能力也得到了很好地锻炼，可以说，我对自己这两年的进步非常满意。

几年来，我在P5标段工作的最大感受就是，这个项目就像一个大家庭，埃中两国所有的同事就像家人一样，大家互相尊重，相互帮助，而且许多同事的年龄差不多，大家就像兄弟一样。当然，我最要好的兄弟还是陈鑫华经理。

我有一个最大的发现，就是中国同事非常热爱工作，非常喜欢学习。他们工作起来非常投入，不知疲倦，总要把工作做到最好。同时，他们非常在乎自己经验的积累和能力的提升，他们不断地学习更新、更多的东西，不断增值自己。比如，阿拉伯语学起来很难，但像陈鑫华经理一样，好多中国同事都想学习阿拉伯语，我认识的几个中国同事还在攻读阿拉伯语硕士和博士学位。他们的努力给我很大启发，我也要以他们的那种精神学习汉语，希望有一天能够操着一口流利的汉语去中国看看。

当然，中国同事除了热爱工作和喜欢学习以外，也非常热爱生活。他们会利用业余时间，从事体育锻炼和娱乐活动。他们喜欢自己做各种中国美食，喜欢下中国象棋，喜欢自己动手做各种中国小工艺品。他们还经常邀请埃及朋友参加他们举办的各种娱乐活动。

最后，我还想再次表达，能够来中建公司工作是我的荣幸，这会让我的工作履历更加精彩。我要感谢帮助我的项目团队，感谢我的好朋友陈鑫华经理，是你们让我适应了一个新的行业，而且不断地取得进步。我希望与中国同事一起继续努力，把埃及新首都建设好，给我们的子孙后代创造一个新的美好生活。同时，把埃中两国人民的友好交往推向更高的境界。

我们都是好兄弟

雅瑟尔·穆罕默德·穆萨

2018年埃及新首都CBD项目刚开工的时候，我就和这个项目有过一点接触，那时我就职的一家埃及公司正在为这个项目提供一些服务。

我记得，那时的工地还是一个挖得很深的大坑，面积非常大，周围用铁皮围着。和我周围的许多埃及人一样，我不敢相信这个项目能真的建成，我所看到的也许只是一种形象宣传，这个项目最终也许不会成真。

过了一段时间，我离开了那家公司，离开了建筑行业，离开埃及新首都CBD项目，怀着极大的热情回到了我的专业领域——航空工程，准备在完成相关课程学习和专业培训以后取得波音737和CFM56发动机的维修资格证。就在我即将入职航空公司的时候，新冠疫情暴发了，航空业遭到沉重打击，许多航空公司被迫大规模降薪和裁员，我在航空领域的发展再一次被迫中断，不得不重新回到建筑行业。

直到有一天，我路过新首都 CBD 项目，眼前的景象让我目瞪口呆：一座座高楼大厦真真切切地矗立在那里，而且已经完成了将近 90% 的主体结构。我真不知道这些参与建设的中国人是怎么做到的！以前不相信这个项目可以建成的人也改变了看法，他们说项目之所以建设得这么快，是因为中国人带来了新的技术和管理机制，而且是在埃及首次应用。

尽管以前来过 CBD 项目，但毕竟和项目上的人接触得很少，对项目的了解也很肤浅，我以为这个项目上的员工基本上都是中国人，埃及人会非常少。我也不知道自己哪来的这个看法，以至于我从未想到去中建公司工作。直到有一天，我的一个朋友告诉我，他看到中建公司正在招聘埃及安全工程师的信息，我才动了想去中建公司工作的念头。在我看来，去中东和北非地区最大的建筑项目工作是一种荣耀。此后，我一直关注招聘网站的动态信息，在看到了中建公司招聘安全工程师的信息后，我填写了一份应聘申请，但是写得很简单，我便想，我的应聘可能不会成功。

我在家里一直待着，有一天接到一个陌生电话，便查了一下来电信息，出人意料，这个电话是中建公司人力资源部打来的。我便回电，对方通知我来项目面试，面试成功后，我顺利地成为这个项目的一员。

上班后，我工作得一直很顺利。可是，不曾想新冠疫情突然暴发，项目实行封闭式管理，埃及员工在项目上待上 3 个月才能回家。正是在这段不能回家的日子里，我结识了许多中国朋友。

在我结识的中国朋友里，跟我关系最好的就是王云雷。他总是面带微笑，很少看到他生气的样子，他还喜欢学习阿拉伯语，喜欢用阿拉伯语与埃及同事打招呼，项目上的埃及同事也很喜欢他，好多人都是他的微信和脸书好友。

我们俩的性格很像，许多人都说我是埃及版的王云雷，王云雷是中国版的雅瑟尔·穆罕默德·穆萨。

王云雷总是让我教他阿拉伯语，而我也想跟着他学习中文。有一次，他教我"老师"这个词的中文发音，然后让我用阿拉伯语教他，我教他说"mudarris"，而他却说成了"mudallis"，我再教他一遍"mudarris"，他又说成"mudallis"。我便调侃他："你真是个天才！你把'老师'说成了'骗子'。"说完，我们俩都哈哈地大笑起来。

至于中文，我从王云雷那里也学到了很多，他经常帮助我纠正发音和声调，我们俩都在学习对方语言上花费了不少精力。整天跟中国人接触，我们一起经历的许多事情，王云雷都会教我用中文表达，在他的影响下，我现在真的把汉语作为一门重要的外语来学习。

除了相互学习语言外，我和王云雷在生活上也相互关心。伊斯兰历八月的一天，我开始封斋，但收到了王云雷送给我的一份像埃及椰枣那样的糖果。应该是他忘记了我前一天告诉过他今天我要开始封斋，他看见我当时没有吃这份糖果，就很惊讶地问我："你怎么封斋呢？斋月还没有到呢？"尽管他还不了解"封斋"的全部含义，但我也为他知道"斋月"这件事而高兴，至少说明他已经开始大概了解伊斯兰宗教习俗和埃及文化。

与王云雷相处这么久，我最欣赏他身上的两个特质，一个是慷慨大方，总愿意把自己所拥有的东西与朋友共享；另一个就是富有同情心，他会为别人的苦难与不幸而悲伤流泪。

正是因为许多埃及人和中国人身上都有这些特质，我们才走到一起，相互帮助，相互扶持。

不错，全人类都是兄弟姐妹，应该像对待家人一样对待他人。

钮鸿伟是我最敬重的中国大哥

艾曼·乔治

　　我叫艾曼·乔治，我来中建埃及新首都 CBD 项目工作已经很多年了，我一直在综合管理部做行政助理，我是公司资格非常老的埃及员工。

　　在 CBD 项目工作，让我结识了好多中国人。我发现中国人与埃及人的为人处世和工作习惯还是相同的地方多，不同的地方少，所以埃中两国员工都能和睦相处，合作愉快。

　　中建埃及分公司就像一个大家庭一样，对埃及员工和中国员工一视同仁，丝毫没有区别对待，所以两国员工像兄弟姐妹一样，都非常热爱这个大家庭。

　　在这个大家庭里，我结交了很多中国朋友，其中钮鸿伟先生和我相处得最好，我对他像对大哥一样敬重。

　　钮鸿伟先生是整个项目阿拉伯语说得极好的中国人，来埃及之前他在好几个阿拉伯国家工作过。他的阿拉伯语造诣很深，对埃及方言也非常了解，在与我交谈时，还经常会纠正我的阿拉伯语普通话发音和语法规则。

他为人谦和，性格沉稳，我们俩可以很随意很轻松地讨论各种工作问题，对对方的各种意见都会认真倾听，遇到困难，我们俩会一起商量解决问题的方案。

我们俩不仅在工作上合得来，在生活上也有许多相同的习惯和爱好。我们俩都喜欢喝咖啡，这个习惯在其他中国同事中比较少见。他喝咖啡的时候，总是邀请我去他的办公室，亲手用他的浓缩咖啡机冲上两杯，与我一起分享。

钮鸿伟先生还是一个乐于助人的人，他每次回中国休假，我请他帮忙从中国买点东西，他从不拒绝。有时候他还会主动地问我需要带什么，而且他每次结束休假回到埃及都会送我些礼物。

因为有了钮鸿伟先生这样的中国好朋友，我对中国也有了一份美好的向往。非常幸运，几年前我应邀参加了中国工会举办的"中非青年工匠交流营"活动，实现了夙愿。去中国前，钮鸿伟先生与我交谈了几次，提醒我在中国如何游览，如何购物，如何品尝美食，还给我提出了好多具体建议。他的提醒，让我有了充分的准备，我的中国之行非常愉快。

别看钮鸿伟先生工作起来那么认真，但是玩起来也会像小孩子一样活泼可爱。记得有一次我们一起去埃及的艾因苏赫纳游玩时，他钓到了一条大鱼，高兴地喊大家一起合影，照片上的他笑得合不拢嘴。

有钮鸿伟先生这样的中国朋友，真的很快乐，我希望我能永远在中建这个大家庭里，永远和中国朋友做兄弟姐妹。

永远和中国朋友在一起

穆罕默德·谢里夫

我叫穆罕默德·谢里夫，来自中建埃及新首都 CBD 项目群工部。

多年前，我一直期盼着能够进入国际大公司工作，现在梦想实现了。中建集团是全球最大的建筑公司，能够在这家公司工作，我感到十分荣幸。

来中建公司工作之前，我曾在一家名为中国港湾的公司工作过，那家公司也不小，但没有中建公司大。不过，在那里我认识了好多中国人，与他们建立了深厚的友谊，直到现在还保持着联系。

在 CBD 项目，我认识了更多的中国人，结交了更多的中国朋友，最要好的朋友是我们群工部的同事李明爽先生。李明爽先生在埃及留过学，阿拉伯语讲得很好，因此与我沟通起来毫无障碍。我们俩不但在工作中配合默契，在学习和生活中也交流很多，相互关心，相互帮助。

我们俩经常交流养生方面的话题，这可能因为我们俩都比较偏胖吧，他给我介绍中国人的饮食文化，比如在餐饮方面应该注意哪些细节，我也给他介绍了埃及的餐饮文化，以及商店里那些值得品尝的美食。

我们俩还经常就埃中两国的语言、文化、宗教习俗进行深入交流，我从他那里了解到不少中国文化，包括饮食习惯、交通工具、旅游景点、中国式建筑、中国民俗节日等。比如，我知道了春节是中国的农历新年，也是中国最重要的节日。

李明爽先生正在进修阿拉伯语，他学习中遇到的一些语言问题，也会与我交流，看到他提出的问题得到解决，我就特别开心。

因为整天和中国朋友在一起，我希望与他们交流起来更加方便，也希望了解更多的中国文化，我便开始学起了中文。最适合的老师就是李明爽先生了，我尝试着用中文与他进行简单的对话，他每次都能给我一些启发和指导。有这样的老师，我学习中文更有动力了。

几年前我结婚了，完成了人生的一件大事，李明爽先生和部门同事在我筹备婚礼时给予了我不少支持，我也收到了他们对我婚礼的祝福，这让我十分感动。

能够和中国朋友一起建设自己国家的新首都，是多么幸福啊。我相信，有中国朋友的帮助，埃及新首都一定会很快建设成为一座美丽的现代化城市，埃及的经济和科技发展也一定会取得更大的进步。

有李明爽先生这样的朋友真好，我希望一直在中建公司工作，永远和中国朋友在一起。

潘婷是值得信赖的好朋友

默罕默德·哈姆迪·萨拉马

　　我叫默罕默德·哈姆迪·萨拉马，毕业于开罗大学，2019年入职中建埃及分公司，在埃及新首都 CBD 项目担任机电设计工程师。来公司面试的时候，我就认识了同样负责机电设计的工程师潘婷女士，我发现她对专业非常精通，工作思路非常清晰。

　　我来到设计部上班以后，感到中国同事非常谦虚，非常勤奋，对我也十分友好，每个人都愿意主动给我提供一些帮助。潘婷女士赠给我一支笔，非常具有纪念意义，我到现在还保存着。她还送了我一包中国茶，我也送了她一盒咖啡。通过这样一件又一件的小事情，让我们的交往越来越深。

　　有一件事情，我永远不会忘记。刚来公司上班的时候，我正在读研究生，担心因此影响工作，我就把这件事情告诉了潘婷女士，希望取得她的理解。她听后不但没有任何反对意见，反而大力支持和热情鼓励我。虽然我知道一边上班一边读研这是多么难的事情，但有了潘婷女士的理解和支持，我就消除了后顾之忧。我在读研的时候，经常每周要请假几天去听课，她都尽量提供方便。她对我的学业一直很关心，每次考试前后都会主动地问我考试日期和考试成绩，这让我既惊讶又感动。我由此而更加确信，潘婷女士是一位值得信赖的好朋友。

在潘婷女士的支持下，我的读研之路进展得非常顺利。可是，谁也想不到出现了一个大麻烦，那就是肆虐全球的新冠疫情。新冠疫情暴发后，埃及像其他国家一样，也采取了封闭措施，CBD 项目更是实行了严格的封闭式管理。我非常理解公司这种安排是为了保护员工的生命安全，但这件事对我来说非常困难，因为我正在读研究生，经常要听课，因此，没法住在现场。我把自己的困难讲给了潘婷女士，她听后表示非常理解，让我居家办公，以便更好地平衡学习和工作时间。她的这种安排对我读研帮助非常大，可以说给我提供了黄金一样的宝贵机会。就在全世界因新冠疫情而停摆时，我却抓住机会取得了美国一所大学的硕士学位，这都多亏了潘婷女士！

作为同一个部门的同事，与潘婷女士在一起最大的乐事就是讨论各种工作上的难题，我们有时争论得很激烈，但是这有助于问题的解决。在讨论中，她总会给我一些好的建议，甚至直接拿出解决方案，这对我的业务水平的提高很有帮助。

除了工作之外，我与潘婷女士和部门其他中国同事，还经常交流和分享埃中两国文化和传统习俗。开斋节的时候，中国同事会很认真地听我介绍开斋节习俗及节日内涵，他们与我一起分享开斋节蛋糕和饼干，一起感受开斋节的喜悦和幸福。未来，我可以带着中国朋友去参观埃及名胜古迹，向他们介绍埃及古老而悠久的历史和文化。

　　我认为，能够和潘婷女士这样的中国同事成为好朋友，是因为中国人和埃及人有许多共同的气质，比如热情好客、真诚善良、热爱工作、勤奋努力，最重要的一点就是两国员工有一个共同的奋斗目标，那就是建设好埃及新首都 CBD 项目，为埃及人民创造一个美好的未来。

我有好多中国朋友

穆罕默德·哈里德·舍比尼

  中国是人类文明的发祥地之一，具有悠久而灿烂的古代文明，也是世界上国土面积非常大的国家，山川秀丽，幅员辽阔。我从小就仰慕中国，梦想着有朝一日去中国旅游。2018年8月，我的梦想实现了，我应邀去中国天津参加一项文化交流活动。

  访问中国期间，我除了参加各种文化交流活动外，还参观了长城、故宫等中国名胜古迹，以及体验北京、天津等地的现代化设施。这次访问，让我对这个古老而又现代的国家有了一次亲身体验，同时我也充分感受到了中国人民的友好和热情。

  在这次活动期间，我受到了公司总部领导赵喜顺先生和王东先生的接见，受到了公司总部员工的热烈欢迎，我感到无比的光荣和幸福。

  我明白，我之所以有机会到中国去访问，是因为得到我的领导金文会先生的大力推荐，他非常赏识我，我的工作一直受到他的肯定和鼓励。金文会先生是中建埃及新首都 CBD 项目 P1 标段项目经理，在中国和其他国家完成过多项大型工程的施工，有着丰富的超高层建筑施工经验。他很喜欢埃及，我们埃及员工都很喜欢他。

记得 P1 标段 C04 主体完工的时候，项目举行了隆重的封顶仪式，所有的埃中员工都参加了，大家欢聚一堂，纷纷在现场合影留念，一起欢庆这个美好的时刻。好多埃及员工和中国员工拉着金文会先生合影，他满面笑容，亲切地配合着大家。当然，我也趁着这个机会，拉着几个兄弟和他一起合影，留下了一份难忘的记忆。

除了金文会先生外，我崇拜的人还有中建埃及分公司执行总经理王智先生。他是一个有着很高职业素养的领导者，非常平易近人，当你遇到他时，他总是面带微笑，给你一种亲切和舒适的感觉。

我第一次见到王智先生是在 2018 年 3 月，那个时候他正带领大家准备 CBD 项目的开工典礼，他把每一个工作步骤、每一个细节都安排得井井有条，给我留下了十分深刻的印象。

我之前参加"非洲第一高楼"——标志塔项目举行的主体封顶仪式，看到王智先生还是像往常一样，满脸笑容，谦虚温和地与大家交谈，我走过去邀请他与我合影留念，他非常愉快地接受了我的邀请。这张照片十分珍贵，能够在"非洲第一高楼"主体封顶的重要时刻与尊敬的王智先生合影，对我来说是一件值得骄傲的事情。

在 P1 标段项目，我还有好多中国朋友，比如吴运华，一名默默付出的"无名战士"，总是关心和帮助着每一个埃中员工；马帅，既是一个优秀的管理者，又是一个待人真诚的好兄弟，谦逊温和、乐于助人。

因为有这么多中国朋友，我在 CBD 项目过得非常愉快。我与中国朋友经常一起参加各自的节日活动，分享各自的文化习俗；还会一起参加足球和篮球友谊赛、钓鱼和划船等休闲娱乐，以及公司组织的慰问埃及学校等公益活动。通过这些活动，让我对中国公司和中国朋友有了更深的了解，也加深了我们之间的友情。

正是因为有了中国朋友的认可和帮助，我在 CBD 项目实现了自己的人生价值，2019 年和 2020 年我连续两年荣获公司优秀属地员工奖。这就是我在 CBD 项目最大的成功。

感谢我的中国朋友，是你们成就了我。

史育林是个非常体贴的好朋友

艾哈迈德·穆斯塔法·哈桑

　　我们每一个人都需要一个真正的朋友——信任我们，支持我们，鼓励我们，陪伴我们。在中建埃及分公司，我遇到了一位一直陪伴我的中国朋友，他就是我们财务部经理史育林。几年前，我参加史育林经理主持的公司会计师岗位应聘面试，第一次见面，他就给我一个非常好的印象。他提问很有技巧，我有点紧张，他便冲我平静地笑了笑，我的紧张感顿时消失了，接着，准确无误地回答了他的问题。面试顺利通过，我成功地入职公司会计师岗位，开始了新的职业生涯。

　　上班以后，因为同在一个部门，我与史育林经理打交道的机会更多了。他经常与我分享一些会计工作的经验，他始终信任我、支持我、鼓励我。在他的帮助下，我的业务进步非常快。我们的交往当然不仅仅局限在工作层面，他还带着我了解中国文化、传统和习俗。我跟着他参加了公司举办的中国春节欢庆活动，对这个中国最重要的节日有了一次亲身体验。他邀请我们属地员工一起去中餐馆吃午饭，让我们尝一尝独特的中餐味道，吃完饭还一起围着圆桌拍了一些照片，这对我来说，是相当珍贵的记忆。他也很喜欢埃及风味的菜肴，他与我们一起参加集体开斋饭，对埃及传统美食赞不绝口，还反复询问这些埃及传统菜肴的名字，并尝试记住它们。他总想对埃及有更多的了解，有空的时候就学习阿拉伯语，尤其是埃及方言，他喜欢微笑着用"哈比比"和"萨哈比"这两个词称呼其他埃及同事。

史育林经理还是一位很细心很体贴的人，对朋友无微不至。新冠疫情刚暴发的时候，他每天都要询问我的身体情况，反复叮嘱我要戴好口罩，注意防护。

CBD 项目实行封闭式管理期间，他经常会问我有什么困难需要帮忙解决，一旦有点困难，他就会主动地伸出援手。

新冠疫情还没有暴发前，我告诉过他我的婚期，并邀请他出席我的婚礼，他非常愉快地答应我会参加，分享我的快乐。他还多次问我的婚礼准备得怎么样，是否需要帮忙。后来，因为新冠疫情严峻，他无法参加我的婚礼，但是他还是表达了他的心意。我还记得，婚礼前一天我离开现场回家后，他就给我打来电话问我是否平安到家，还再次表达了对我婚礼的祝福。虽然这段电话不过两分钟，但让我感到非常亲切和温暖，我会永远记得一个中国朋友的关心和祝福。再后来，我的孩子出生了，史育林经理又是第一个向我表达祝福的中国朋友，他还为我的孩子准备了新生儿礼物，让我再一次感受到他的细心和体贴。

在史育林经理的帮助下，这两年我的收获和进步非常大，我对他和公司都非常感激，我要继续好好工作，不辜负他的信任和期望。我希望等到 CBD 项目竣工的时候，我与他能够在"非洲第一高楼"——标志塔下合影留念，为我们的友谊，为项目的成功深情祝福。

这个朋友总是惦记着我

浩天（伊斯兰·萨义德）

　　我叫伊斯兰·萨义德，我还有一个好听的中文名字叫浩天，我现在在中建埃及新首都 CBD 项目 P4 标段工作。

　　2019 年的一天，我正在找工作的时候，偶然遇到一个中国人，就跟他随意聊了几分钟，并留下了电话号码。没想到，几天后突然接到中建公司的电话，通知我尽快来项目面试。这份工作非常适合我，面试顺利通过后，我就来项目上班。后来才知道，那天偶遇的中国人原来就是项目上的一位领导，他的名字叫刘俞，正是他推荐我参加面试的。

　　我来 CBD 项目上班后，工作十分顺利，我与他的友谊也深厚起来。上班的时候我们是同事，下班的时候我们是好朋友，我们在一起聊天的时候总是有说不完的话。我跟着他学了不少中文词汇，也学到了不少工作经验。他经常给我讲他的生活经历和工作经验，不但教会我如何处理生活和工作中遇到的麻烦问题，而且还给了我不少展现自我的机会。我从他眼里看到了信任，因此，我可以毫无顾忌地与他谈论任何事情。

和刘俞先生在一起的时候，总是有许多事情让人难以忘怀。有一次，刘俞先生带我参加到一家埃及小学的慰问活动，我们向孩子们赠送了礼物，给他们表演了娱乐节目，还教他们涂色画画。我们与孩子们一起度过了7个多小时，孩子们玩得很开心，我们也很开心。我以前没有参加过这样的公益活动，对于刘俞先生让我参加这次活动，我的内心非常感动。

还有一次，刘俞先生带我参加公司举办的国际阿拉伯语日活动。我们为这项活动准备了好多天，专门选拔了几位表达比较好的埃及工程师和中国同事参加，事前还做了好多次练习。在活动上，我和埃及同事朗诵了阿拉伯语诗歌和散文，还用生动的语言讲述了阿拉伯语的历史，有一位埃及同事唱了一首赞美阿拉伯语的老歌。现场的埃及同事和中国同事一次又一次地为我们鼓掌，看得出他们被我们的表演深深感染。我们也非常激动，对自己的表演非常满意。活动结束后，刘俞先生带着我们一起合影留念，我们都想永远记住这个美好的时刻。

可能一些中国朋友不知道，在埃及，服兵役是每一个符合参军条件的青年人的爱国义务，也是许多优秀青年梦想的人生荣耀。我因为追求自己的梦想，也走进了兵营，开始了一段庄严又富有挑战的军旅生活。兵营里的生活非常严肃而单调，没有时间娱乐，即便休息，时间也是很短的。我时常会感到孤独和寂寞，尽管我已经离开了公司，我的好朋友刘俞先生却非常牵挂我，他时不时地给我打来电话关心我，询问我在部队的生活情况。有时候项目举行什么活动，他也会打来电话邀请我参加，但是我实在没有办法去，因为没有假期，而且兵营离得很远。尽管如此，我心里还是感到十分温暖，毕竟有一个朋友总是惦记着我，这才是真正的友谊。

日子过得很快，我的兵役就要服完了，离开兵营前我接到了刘俞先生的电话和信息，他郑重地邀请我再次返回项目和他一起工作。尽管他以前多次说过这件事，但我一直没有动心，他这次说得非常诚恳，于是，我接受了他的邀请，再次返回项目，重启以往的工作。他非常热情地欢迎了我，要我和他携手一起面对新的工作和新的挑战。

正当我们奋斗的时候，新冠疫情突然暴发，CBD 项目实行封闭式管理，我们埃及员工也需住在现场。这也给我创造了下班后可以有更多的机会，与刘俞先生见面交谈。我们在生活区周围散散步，聊聊天，一块儿打发掉疫情给大家带来的颓唐情绪。

有刘俞先生在，我就不害怕工作中遇到任何困难或挑战，因为只要我需要，他就会伸出援助之手。

张亚北与我意气相投

马尔万·马德哈特·多卡拉

我叫马尔万·马德哈特·多卡拉，在中建埃及新首都 CBD 项目工作，是一名安全员。我在应聘面试的时候，第一次认识张亚北。入职后，我与张亚北同在项目安全部工作，因为防疫措施的要求，我们俩在办公室的工位虽然拉开了一定的距离，但我们一直保持着密切的沟通，到现场进行安全巡视的时候，我们俩经常结伴而行。他比我小 2 岁，但是看得出他的工作经验非常丰富，而且为人慷慨大方，经常会与我分享他工作上的心得和经验。

我们安全部是一个很强的团队，我从每个同事身上都学习到不少东西，从张亚北身上学到的东西最多。我每次和张亚北一起去现场，看到什么新的东西，比如蓝色脚手架、新机械设备，他都会向我详细地介绍怎么使用，怎么安装，怎么检查，让我掌握了不少新知识。我还经常与他一起参加中建埃及分公司的各种会议，对许多不理解的地方，他都会耐心地讲解给我听。

因为工作上的密切交往，我和张亚北在很短的时间就建立了深厚的友谊，除了工作外，我们还经常会交流个人的兴趣和爱好。比如，我对亚洲美食尤其中国美食非常感兴趣，所以，经常与张亚北聊有关开罗的中国饭馆，品评哪家饭馆的哪道菜最好吃。我还记得，来中建工作的第一天，张亚北就送给我一包中国菜，他面带着微笑，很亲切，表示很愿意交我这个朋友。那个时候，我就感觉到他和我一样都是美食家。

有一天，我邀请张亚北到我家吃午饭，介绍我的家人和朋友给他认识。正如我很喜欢中国美食一样，看得出他也很喜欢埃及美食。吃完午饭后，我陪着他一起参观了开罗塔和金字塔，还去了开罗老区买了一些小商品。晚上，我们又去了金字塔街，那里的埃及饭馆不错，我们又美美地吃了一顿。这一天，我们吃得不错，玩得不错，非常快乐。我们相约放假的时候一起结伴旅游，看看埃及更多的名胜古迹，了解更多的埃及文化和风土人情。

我们俩还有一个共同点就是都很喜欢足球。我最喜欢埃及阿尔阿赫利俱乐部，那是埃及最厉害的足球队。而张亚北最喜欢重庆力帆，那是中国很不错的一支足球队。我们经常会一起分享各自喜欢的球队在比赛时的表现，会交流对球赛的各种看法。我们还一起通过电视直播看欧洲冠军杯足球比赛，会为自己喜欢的球队发狂。我们在讨论足球的时候，他非常震惊埃及有那么多的球队和球迷，他也很欣赏埃及人对足球的那种狂热。他说，埃及人无论男女老幼都非常痴迷足球。

我从张亚北身上看到，埃及人和中国人是有不少共同点的，尤其是在美食和游玩方面。所以，我就养成了一个习惯，除了张亚北外，也经常向周围的其他中国同事推荐开罗有名的埃及餐厅和中国餐厅，以及开罗老区的著名景点和市场，也向他们介绍埃及全国各地的名胜古迹，希望他们能够欣赏到埃及独特的异国情调。

当然，我也很欣赏中国文化，尤其是非常欣赏中国人谦逊和礼貌的处事风格，他们说话非常含蓄，懂得尊重别人。我从我的朋友张亚北和我的领导刘景昆身上充分感受到了这一点，他们的形象代表了他们的国家，充分印证了我以前了解到的中国人形象，我因此而更加尊重中国和中国人。

我喜欢我的中国同事，我的中国同事也非常喜欢我，我们相互帮助，相互支持，把工作做得越来越好，使我们安全部不仅仅是一个工作的地方，更是第二个家，在这个大家庭里我们都能够感受到友好和温暖。今后的路还很长，我愿意在这个大家庭里与团队一起进步，学习别人的长处，弥补自己的不足，实现自我的长远发展。我想，作为朋友的张亚北还会给我许多帮助。

张亚北现在回中国休假了，但我们一直保持着联系，还经常使用微信及视频聊天。埃及新首都 CBD 项目非常庞大，有许多不同年龄不同经验的中国同事，我希望结交更多的像张亚北这样的中国朋友，大家团结一心，一起把埃及新首都建设好，一起创造埃中两国人民友好合作的未来。

张亚北，好好休假吧，早点回来，我在埃及新首都等你！

我与中国人的不解情缘

阿玛尔·伊斯梅尔·达乌德

　　我叫阿玛尔·伊斯梅尔·达乌德，一直在中建埃及新首都 CBD 项目 P3 标段工作。我生活和工作在一群中国人当中，我有许多中国朋友，我们每天都在一起建设埃及新首都，一起为埃中友谊做些力所能及的事情。可以说，我跟中国人结下了不解情缘。

　　我跟中国人的不解情缘，从我开始学习汉语的那一刻就开始了。我早就知道汉语是世界上非常难的语言，出于强烈的好奇心，在报考开罗大学文学院时，我还是坚定地选择了学习汉语，尽管这个选择有点艰难。我想书写复杂的汉字，我想了解汉字的发展史，我想了解像埃及文明一样古老的中国文明。在大学学习汉语期间，一些来自中国的大学教授告诉我们，学习语言文字不能仅仅局限于背单词，还必须了解和理解语言文字背后的文化，这样才能更快更好地掌握这种语言文字。中国教授在课堂上也经常向我们讲解中国文化，让我对汉语背后的文化精神有了初步的了解。通过课堂学习，我对中国文化越来越感兴趣，在课外我还找来不少有关中国古代神话故事的书籍阅读。毕业后，我做了一名中文导游，经常带着中国游客游览埃及名胜古迹，根据他们兴趣，我时常会将埃及古迹与中国古迹做一些类比，比如，金字塔就像中国长城一样是古老文明的象征，阿布辛贝神庙就像北京天坛一样是重要的祭祀场所……，这种将两种古老文明进行类比的方法很受中国游客欢迎。随着我对中国文化了解的深入，我受到中国文化的熏陶就越来越深，许多人就将我看成埃中两个文化的复合体，我为此也感到非常自豪。

2018 年 7 月，我来到埃及新首都 CBD 项目，开始了我职业生涯新的旅程。刚来的时候，我很不习惯，很难适应公司的工作方式，我虽然是一名中文翻译，但还要兼职人力资源和采购方面的工作。我的工作量非常饱和，工作安排非常紧凑，每天忙得几乎无法休息。在语言翻译上，我要面对好几个不同的专业，而这些专业我并不懂，这就增加了工作难度。让我感到最难做的就是人力资源管理，我负责埃及员工的管理，以及埃及员工与中国管理人员之间的沟通，常常要处理人力资源方面的危机管控，并及时拿出合适的解决方案。好在我遇到危机时，总能够得到我的领导李俊远先生的支持，他会针对性地给我提出好的意见和建议，当然他也会采纳我的许多建议和解决方案。有了他的支持和帮助，我在人力资源管理方面遇到的困难总能够得到顺利解决，我自己也慢慢地度过了工作的困难时期，我们俩也因此成了好朋友。

李俊远先生不但支持我的工作，还教会了我很多公司行政工作的基础知识，帮助我不断提升管理能力。我们俩一起经历了许多挑战，新冠疫情带来的困难就是我们遇到的非常大的挑战。此前，中国武汉暴发了新冠疫情，尽管离埃及距离很远很远，我也像中国朋友那样为武汉担忧。所以，当李俊远先生代表项目组织为武汉抗疫捐款的时候，我不但积极参与捐款，还动员埃及同事也参与捐款，既表达对武汉的支持，也是表达对李俊远先生工作的支持。

对我来说，最大的考验莫过于疫情期间主持 C12 办公楼主体封顶仪式，这是我第一次参与这么大的主持活动。C12 办公楼主体封顶是埃中两国合作的最新成果，封顶仪式必须体现埃中两国人民合作与奋斗的精神，而且有许多埃中两国的重要代表会参加仪式。

李俊远先生负责的仪式组织和准备工作进行得非常顺利，但作为主持人和翻译，我感觉压力很大，很紧张。第一次站在这么重要的场合，面对那么多重要人物，那么多工程师、管理人员和工人，想想看，我能不紧张吗？

我将我的顾虑告诉了李俊远先生，他张开双臂给了我一个温暖的拥抱，然后说了许多勉励的话。晚上，他带着我一起来到仪式现场，帮助我熟悉主持词和嘉宾演讲稿，然后，我们一遍又一遍地进行排练，直到我全部熟悉和掌握了主持流程与翻译内容。第二天，C12 办公楼封顶仪式举办得非常顺利，大家都非常满意，我们成功了，我感受到了一种从未有过的幸福。

为了纪念这次封顶仪式的成功，我们部门的埃中员工一起拍了一张合影留念，李俊远先生就站在我们中间，他不仅是我的好朋友，还是许多埃及员工和中国员工的好朋友。

有了李俊远这个好朋友，我感到心里很踏实。

中国有句古话："有朋自远方来，不亦乐乎？"因为我与中国人的不解情缘，我也想让我的孩子将来认识好多中国人，与中国人做朋友，为埃中两国友谊作贡献，所以我要早点教他学习汉语，学习中国历史和文化，像我一样。

第三辑
和一群优秀的人做朋友

和一群优秀的人做朋友

『哈比比，你吃好了吗？』

李元慧给我讲中国故事

内装部的朋友真会关心人

强大而友好的 MEP 团队

我们俩以兄弟相称

我们是一对欢喜搭档

我有一群中国兄弟姐妹

吴熙隆是我最理想的朋友

像胡秀一那样『严于律己』

友谊就像一把伞

张亮是我的良师益友

足球场上见真情

这么亲密无间的合作伙伴

和一群优秀的人做朋友

马哈姆德·舍纳维·萨比特

我叫马哈姆德·舍纳维·萨比特，埃及艾斯尤特省人，2007 年毕业于艾斯尤特大学商学院财务会计系。我曾在阿拉伯海湾国家工作多年，在那里接触到了不少中国人，他们出色的工作能力给我留下了很深，在他们影响和帮助下，我个人的工作能力也得到很快提升。

说来也巧，2019 年回埃及后，我又跟中国人在一块了。非常幸运，我在中建埃及新首都 CBD 项目采购部谋得了一份满意的工作。

因为以前和中国人打过很长时间交道，我见到中国人一点陌生感都没有，来到 CBD 项目，仿佛回到老朋友中间。他们见到我，也似乎见到了熟人，一个个在很短的时间都成了我的好朋友。我和这些中国朋友经常聊天，相互交换食物和饮料，遇到埃及和中国节日，大家都会互道祝福，有时候还会一起聚会。

马仲胜先生在采购部负责海关业务工作，我和他在一起工作的时间最长，因此，关系也最为亲密。他会说流利的阿拉伯语，我们沟通起来毫无障碍，工作配合得十分默契。他性格开朗，但十分喜欢安静，对工作总是全神贯注。他的能力很强，任何情况下他都会排除各种干扰，千方百计确保任务圆满完成。他常说："工作是为了解决问题，而不是增加问题。"

记得新冠疫情在埃及刚暴发的时候，CBD 现场的口罩已经用完，当天正好有一批从中国进口的口罩运到开罗机场。马仲胜先生告诉我："无论如何，我们今天必须将这批货运到现场。"我们从早上九点赶到机场，一直忙到半夜，才办理好所有清关手续，然后进行详细清点，最后将货物顺利拉到 CBD 现场。虽然累得筋疲力尽，但看着拉到现场的货物，马仲胜先生开心地笑起来，我也笑了起来。

马仲胜先生是个很随和的人，对所有的同事都很友善，对我的帮助最多，能有他这样的好朋友、好同事，我内心十分欣慰。

我们采购部的经理唐林先生，也是我的好朋友。他性格沉稳，低调谦逊，说话时总带着微笑。他英语很好，记得有一次我称呼他"MY BOSS"，他客气地对我说："不要叫我老板，我们是朋友。"我听后十分高兴，看来他真的把我当朋友看待。

经过这么多年的交往，我发现唐林先生作为部门经理，深谋远虑，对任何事情都能够做好目标把控和计划安排，并设法取得员工的理解和支持，从而尽心尽力地完成任务。

另一个同事吕春阳，年龄和我差不多，会讲阿拉伯语和英语两门外语，这在中国同事之中是不多见的。他给人的第一印象是话不多，很勤快，对任何事情都非常认真。时间长了，我们熟悉后，交流也就越来越多，最后成了彼此信任的好朋友。

新冠疫情前，我带着他到开罗的大街小巷转悠，尝遍了埃及美食。我发现，他很喜欢吃"鸽子"。

他现在正在学习开车，但有点害怕在埃及的街道上开车，于是，我便慢慢开导、鼓励他，想方设法打消他的顾虑。我一直陪伴他、帮助他，直到他学会开车并取得埃及驾照。

在中国朋友身上，我发现了好多值得我学习的优点，但最令我佩服的一点就是他们勤奋上进，对工作总是充满热情。听说，他们从小就开始培养这种品质了，我要把这一点告诉更多的埃及人，让他们好好了解中国人。

能够成为中建埃及大家庭的一员，和一群优秀的人做朋友，我真的很自豪。

"哈比比，你吃好了吗？"

艾哈迈德·阿里

    我叫艾哈迈德·阿里，大家都说我是一个地地道道的"中国人"。我喜欢中国文化，喜欢中国美食，喜欢中国美景，我曾在北京、深圳留学和工作过，我爱上了中国的一切，习惯了中国的一切。

    2018 年 5 月，我收到母亲从埃及发来一条信息："中国朋友来埃及帮我们建设新首都了，太棒了！我们马上就可以看到一座崭新的现代化城市了！你是不是应该回埃及工作，和中国朋友一起建设新首都？"母亲的话讲得不错，中国和埃及是好朋友，我应该回到埃及跟中国朋友一起来建设祖国的新首都！于是，我安排好在中国的事情之后，便于当年底回到埃及。

    2019 年 1 月，我来到埃及新首都的 CBD 项目工地。经过几个月的建设，偌大的工地，建筑物的轮廓和雏形已经开始显现，一座座现代化的大楼正在拔地而起。我又见到了很多熟悉的中国面孔，我们亲切地相互打着招呼。

这天，我参加了标志塔项目的翻译岗位面试。人力资源经理是一个戴着眼镜、穿着蓝色衬衫的年轻人，他便是白晓阳。不过，他更喜欢我叫他的英文名字 Danniel。后来，我们俩就成了最好的朋友，相互称呼着"哈比比"。

在顺利通过面试之后，我来到标志塔项目，在综合管理部担任阿拉伯语翻译，同时负责埃及员工的人事管理和项目日常用品的采购。

来到项目工作以后，我过得非常开心，仿佛又回到中国一样。我在中国时的工作经验在这里大有用武之地，工作起来得心应手，一点也不感到无法适应。同时，我还可以每天回家陪伴家人，工作和照顾家庭两者都不耽误。看来，还是母亲有先见之明。

我每天都感到很充实，同事之间非常友善，办公室气氛非常融洽。休息时，我喜欢与中国同事聊天，谈论有关中国的趣事。

白晓阳是中国东北人，性格十分豪爽，特别喜欢旅游，去过很多国家，见过很多人和事。有一天，我们俩一起外出采购，到了午饭时间，他说要品尝一下埃及的特色美食，问我有没有特别喜欢吃的埃及食物。我说我们可以一起去吃 crepe，这种食物有各种口味，你都可以尝一尝。于是，我带他去了一家有名的店铺，当他咬下 crepe 第一口的时候，开心得像孩子一样大叫："我的天呐，这也太好吃了吧！"令我至今难忘的是，他吃完一个之后，紧接着又买了另外一个口味的。我有点吃惊地问他："哈比比，你还没有吃饱吗？"他笑着说："我还可以再吃一个，嘿嘿。"我想，他大概就是传说中的大胃王吧。

我的这位朋友，不仅是个十足的"吃货"，还是个疯狂的追星族，他不远万里从美国购买了不少印有明星头像的纪念品。由于

CBD 项目位置比较偏远，他便问我可否将快递寄到我家里，我说没有问题的。从此，我家里的快递数量直线上升，一件接着一件。每次快递要到的时候，他都会提前打电话告诉我，今天有什么东西要到了，明天还会有什么东西也要送到。

在标志塔项目能够结识这样一位可爱的中国朋友，真的让我非常开心。白晓阳每次结束休假从中国返回埃及的时候，都会带给我一些小礼物，其中最多的当然是中国食品。吃着他带来的食品，我不禁想起在中国学习、工作、生活的点点滴滴，看来白晓阳也非常懂我。

白晓阳很喜欢埃及，也很愿意学习阿拉伯语，我教了他不少阿拉伯日常用语。 时间过得真快，和白晓阳在一起时，我们俩无话不谈，但谈论最多的还是食物。跟着他，我也成了"吃货"。现在，我们俩每次见面都会相互问候："哈比比，你吃好了吗？"

李元慧给我讲中国故事

艾曼·马祖克

在中建埃及新首都 CBD 项目，我有一个非常要好的中国朋友，他就是我在合约部的同事李元慧先生。我们一起工作，一起谈天说地，度过了快乐的时光。

李元慧先生经常找我学习阿拉伯语，他对阿拉伯语充满热情，甚至非常痴迷。要明白，他不是仅仅出于好奇心而学点日常用语，他是要熟练掌握一门外语。尽管学习的过程很艰辛，但他坚持不懈，现在已经能讲一些比较复杂的阿拉伯语了。

我非常奇怪，我的这位中国朋友为什么非要学习阿拉伯语不可？我从来没有学习汉语的打算。

他告诉我，这是因为他对阿拉伯文明和埃及文化很感兴趣。阿拉伯人来到中国已经有 1000 多年的历史，埃及是非洲和阿拉伯地区第一个和中国建交的国家。他想跟埃及朋友讲一讲中国故事，也想听埃及朋友讲讲他们的故事。

　　我们俩经常一起聊对方国家的文化，有时还会拿出各自在家里拍的照片相互欣赏，我喜欢看他家乡的风景和漂亮的中国书法，他则喜欢我家里用阿拉伯书法装饰的瓶子。

　　李元慧先生性格开朗，热爱生活，有文化、有品位，对许多问题常常会发表真知灼见。

　　李元慧先生给我讲过，中国人有一个特点就是各个民族都认同中华文明，这从各个民族的神话传说里面就可以看出来。他说，中国各个民族都有自己的神，都有人类是从哪里来这样的创世神话，但各个民族的神话都是同一个体系。

　　关于婚姻和家庭，李元慧先生的见解给我印象很深。他给我讲过，在中国，作为一个妻子，要处理家务和照顾家人，为一家人做饭菜，还要安排旅行和挑选合适的衣服等。没等他讲完这些道理，我打断了他的谈话："兄弟，你自己的小家庭过得怎么样？"他很谦虚地回答："还可以吧。"从李元慧先生的谈话中我知道，他常年在海外奔波，他的妻子承担了家里所有的工作，除了处理繁忙的家务外，还得照顾好孩子和双方的父母，实在是非常辛苦。他为自己对家里的亏欠很歉疚，也为有这样贤惠的妻子而骄傲。

　　关于友谊，李元慧先生给我讲了一句中国谚语："在家靠父母，出门靠朋友。"中国人把朋友当作"兄弟"，当作"手足"，朋友在一个人的社会生活中有着相当重要的地位。从儒家观念出发，友谊这种社会关系是家庭关系的自然延伸，所以，好朋友就是好兄弟。他对我说："我现在在埃及，你就是我的好兄弟。"

　　关于国际上现在普遍流行的"道歉文化"，我也想听听他的看法。李元慧先生说，"sorry"这个词在不同的文化中有不同的含义。外国人可能会觉得中国人平时很少说"sorry"，因此而误解中国人不敢承认错误，不愿意道歉。其实，按照中国人的传统习惯，如果一个人做错了事，是真心感到内疚，会为自己的错误行为负责，而不只是简单地说一声"sorry"。

但是，现在习惯也在改变。随着国际文化的交流与融合，中国人也会先说一声"sorry"，然后再具体修补自己的过失。中国文化是包容的，自古以来就善于吸收世界各国文化。

谈到中国文化，就不能不谈到"吃"，中国美食闻名天下。李元慧先生告诉我，中国古代先贤有一句名言："民以食为天。"中国人非常讲究"吃"，跟谁吃，怎么吃，哪里吃，吃什么，都有一套规则。中国有悠久的餐饮文化，所有的节日都跟吃有关系。

我也知道，中国人过去见面打招呼常说："你吃了吗？"

跟李元慧先生在一起，我最大的收获就是越来越了解中国文化。我从他身上看到了中国人奋斗不息的精神风貌，这正是这个伟大国家快速发展的动力。

现在李元慧先生已经调离我们合约部，他因为工作表现出色而升迁为另一个部门的经理。虽然我们不能每天都在一起了，我还是为他的升迁而高兴。

我想对李元慧先生说的是，有时间我们还是多聊聊，我喜欢你的中国故事。

内装部的朋友真会关心人

卡里姆·穆斯塔法·玛贾尼

我叫卡里姆·穆斯塔法·玛贾尼，2019年10月加入中建埃及新首都 CBD 项目，在内装部担任内装设计工程师。

我来 CBD 项目工作已经 5 年多了。在这个项目我收获匪浅，我所从事的不仅仅是一份养家糊口的工作，而是参与到一段埃中友好合作的历史旅程，从中感受到来自遥远东方的中国文化。

刚上班的时候，我认识的第一位中国同事是李志军先生，他很有耐心，许多事情都愿意帮我。我性格比较内向，突然置身于一个完全陌生的文化环境，与人交流就成了一件困难的事情，幸亏有李志军先生在我与部门经理邓玉明先生及其他同事之间架起了沟通的桥梁。

李志军先生告诉我，部门的同事都挺好，非常容易相处，邓玉明经理很有耐心，善解人意，愿意与我沟通，如果遇到困难，他一定会给你帮忙的。后来发生的事情，果然验证了李志军先生的说法。

2020 年 3 月 26 日，因为新冠疫情，CBD 项目实行封闭式管理，我们属地员工需住宿现场。这期间，我无法回家，只能用手机和家人联系，不仅有些孤单，而且心理压力也很大。内装部的同事对我都很关心，不仅为我安排了宿舍，准备了日常生活用品，还不时地了解我家里的情况，安抚我不安的情绪。李志军每天都会过问我的情况，晚上下班后还陪我散步聊天，让我不再因为孤单而忧心忡忡。

住宿现场时，有一段时间晚上有点冷，我在宿舍里睡不好觉，但我又不知道哪里可以找到毛毯。邓玉明经理知道后，便将自己过冬的新被子送给我，这让我感动得无以言表。而另一位中国同事程江平，也经常对我嘘寒问暖，在工作上也帮了我不少，我们慢慢成了非常好的朋友。

生活就是这样，常常有许多意外不期而至。有一天，我突然接到家里的紧急电话，我的叔叔生病了，我必须尽快回家照顾他。我得马上回家以及请假几天，部门的同事都为我着急，孙凤顺先生迅速帮我办好了出门条，王显光先生开着车以最快的速度把我送回家。

当时尚在项目实行封闭式管理期间，叔叔病情好转后，我从家里返回工地必须隔离一周。我明白，这给部门的工作造成了负担，但是，同事们都很理解我，从来没有抱怨一句。项目实行属地员工通勤上班制度后，我们每天都可以回家了。尽管住宿现场的那段日子已经过去了很久，但是中国朋友的关爱一直温暖着我，我将永远不会忘记。

内装部有许多令人欢喜的事情。有年夏天，我的朋友孙凤顺结婚了，夫妻俩要在埃及拍婚纱照，以纪念他们在异国他乡的婚恋。作为本地人，我十分熟悉开罗的情况，便带着妻子帮他们一块选购婚纱、预订摄影师和选择拍摄地点，让他们在埃及留下最美好的记忆。

　　在内装部的工作让我收获了最真挚的友谊，感受到最热情的关心和帮助，是你们给了我好好生活和好好工作的动力，感谢我的中国朋友！

强大而友好的 MEP 团队

胡赛因·艾玛德·亚伯拉罕·默罕默德·阿里

来中建埃及新首都 CBD 项目机电管理部（MEP 团队），做机电工程师已经几年了，我身边的许多朋友经常会问我，中国人和埃及人的文化传统和生活习俗不同，你和他们相处得怎么样？

我告诉这些朋友，我和中国同事相处得非常愉快，许多人已经成为我的朋友，我们在文化和习俗上是有不少差异，但也有不少相似的地方，我们彼此都非常欣赏和尊重对方的文化和习俗。我的中国朋友身上有许多优秀品质，比如，他们对工作的投入，对自己祖国的热爱，以及他们对新冠疫情严密而卓有成效的防控措施等，这些都令我十分敬佩。

我所在的机电管理部是非常重要的部门，我们的团队由 20 多个中埃青年组成，大家年富力强，工作热情似火，总有干不完的活，总有使不完的力。我们的团队团结友爱，工作上相互帮助，生活上相互关心，就像一个大家庭的兄弟姐妹一样。

蒲晓峰先生是我们的部门经理，他言语不多，但心细如丝。他回中国休假的前一天，得知我家刚添了一个可爱的女儿，就走到我跟前，面带微笑地向我表示祝贺，还特地让我休假一天来陪伴妻子和刚出生的女儿。他返回埃及后，送给我一份珍贵的中国礼物，作为我女儿的出生礼。那天，我回家后把礼物带给妻子，她得知这是我们的部门经理送给女儿的礼物时，开心地笑了起来。妻子认为蒲晓峰先生一定是我最要好的中国朋友，因此不停地要我讲述蒲晓峰先生和我相处的故事，还让我转达她对蒲晓峰先生的感谢和敬意。

多年来，蒲晓峰先生对我的帮助很多，特别是对我读研的大力支持。当我决定读研的时候，有许多因素困扰着我，尤其是担心学习时间和工作时间发生冲突，既影响了学习，又耽误了工作。于是，我就找蒲晓峰先生倾诉了一番自己的烦恼，但还是担心他会否决我的读研计划，因为当时我们正遇到一个巨大的工作挑战，所有的人都十分忙碌。但是，他听了我的倾诉后，对我的读研表现得十分关切，并叮嘱我的直属领导孙宇先生和任珂先生，要为我完成学业和硕士论文提供一切必要的支持和帮助，还反复叮嘱我要协调好考试时间和工作时间。

在读研这件事情上，朱叶飞先生和李治先生也给了我很多帮助。他们在我备考和考试期间，分担了我的许多工作，让我能有更多的时间和精力用在学习上，而且他们还经常给我加油鼓劲，让我感到在读研的路上并不孤单，有好多中国朋友在一直支持我。

是的，我们是一个相互关爱相互帮助的团队，无论在什么情况下，我都能感受到中国朋友的友善。在埃及第一波和第二波新冠疫情蔓延期间，CBD项目实行封闭式管理，我常驻现场6个月，这期间，徐浩先生、姜永刚先生、蔡喜峰先生等朋友给了我很多支持和帮助，他们一直与我一起分担对家人的担忧，帮助我缓解心理压力，鼓励我打起精神锻炼身体，以提高免疫力和防止病毒感染。在他们的支持和鼓励下，我每天都坚持晨跑和晚跑，身体状况和精神状况都得到极大改善，终于度过了受新冠疫情困扰的最艰难时刻。

前面说过，中国朋友对我们的文化传统十分尊重。有一件事情让我印象非常深刻，斋月期间穆斯林的禁食和工作时间等都有特殊的规定，这是众所周知的。但我惊讶地发现，禁食期间中国朋友不会当着我们的面吃饭喝水，充分顾及了穆斯林的感受，这些行为看似简单，但实际上体现了个人的教养和品德。一开始，我还在想，我们禁食期间没有看到一个中国朋友在吃喝，这是不是一种巧合，但随着时间的推移，我意识到每年的斋月都如此。

机电团队 20 多个同事，都是我的好朋友，我和每一个朋友都有动人的故事，因为篇幅有限，我就不写出来了，但我会将他们的友好记在心间。

让我们手拉手一起奋斗吧，为了机电团队的荣誉，为了 CBD 项目的成功。

我们俩以兄弟相称

安德鲁·阿谢夫

　　我叫安德鲁·阿谢夫，在中建埃及新首都 CBD 项目直营二项目部做土建工程师。

　　这几年，我们 8000 多名埃中两国员工，经历了许多不平凡的事情，尤其是持续至今的新冠疫情，给我们的工作和生活带来严重的干扰。因为新冠疫情，CBD 项目实行封闭式管理，我在项目现场住了 6 个月。这期间，我和中国同事一起生活，一起上下班，一起运动，一起参加有限的文化娱乐活动，我结交了更多的中国朋友，得到了他们的关心和帮助。李武平先生就是我最好的朋友，我们俩交流最多，相互关心和帮助也最多。

　　李武平也是我们部门的土建工程师，是我来项目后认识的第一个中国人。他喜欢与埃及工程师及工人交流，但他觉得只用英语交流显然是不够的，最好还是用埃及人使用的阿拉伯语。于是，他向我请教阿拉伯语，希望能够得到我的指点和帮助。但我明白地告诉他，阿拉伯语是一种古老的语言，学起来并不是那么容易，很难在短时间内掌握，只能慢慢地一步一步学，先从一些简单的单词开始学。

所以，我们俩的日常交流主要还是以英语为主，但也会夹杂一些阿拉伯语日常词汇。后来，随着我们交流的日益频繁，我对中国文化也越来越感兴趣，于是，我也向李武平先生提出了跟他学习中文的请求，他爽快地答应了。此后，我们就经常用中文和阿拉伯语互相打招呼，我用中文称呼他"兄弟"，他用阿拉伯语称呼我"阿乎耶"。

我住宿项目现场的那段时间，无法回家，多少会有些郁闷，但是有我的好兄弟李武平先生陪伴，日子过得还是比较轻松的，有时候还会收获一片欢笑。每逢中国的节庆，比如春节、元宵节，李武平先生都会邀请我参加，让我跟他一起亲身体验这些中国传统节日浓郁的欢乐氛围。节日里，我还可以跟中国朋友一样收到公司派送的"节日大礼包"，欣赏节日演出，参与节日游园活动。到了晚上，和李武平先生一起行走在员工营地，宿舍楼披挂的彩灯闪闪发光，大红灯笼高高地挂在门口，仿佛置身于中国的都市一般，让人赏心悦目之余，不禁对中国文化产生好奇和敬仰。我们边走边聊，李武平先生耐心地向我讲解了这些节日的起源和蕴含的美好意义，让我对源远流长的中国节日文化总算有了一点粗浅的了解。

尽管和中国朋友一起工作与生活了这么长时间，但对中国文化我依然感到很神秘。中国人吃饭的一种餐具，看起来很有趣，特别吸引我，那就是"筷子"。我看到他们用三根手指拿着筷子，灵活地夹住食物，而食物从来没有掉落。这让我既好奇又羡慕，于是，我也想学习使用筷子，但尝试了几次，都以失败告终。可是，我不服输，下决心一定要学会使用筷子。因此，我再次向我的好兄弟李武平先生请教。然而，我连一双可以长期使用的筷子都没有，只能在吃外卖时留下一次性塑料筷子。

有一天，我突然收到李武平先生送我的一份礼物，打开一看，原来里面是一双精致的不锈钢筷子，筷子上还刻着中国传统的青花瓷花纹。这份礼物，让我喜出望外，也让我对李武平的细心周到感到亲切和温暖。我学会了使用这双筷子，每次用餐时它都会陪伴着我。我将永远保存好它，因为这凝聚着我们珍贵的友谊。

通过长时间的密切相处，中国同事的点点滴滴都给我留下了十分深刻的印象，让我感动，也让我钦佩。他们远离亲人，奔赴海外，来到戈壁沙漠与我们一起建设我们国家的新首都，本来就十分辛苦，加上新冠疫情，他们的工作和生活更加艰难，每天都顶着极大的心理压力，即便是一年一次的回国休假，有时也很难保障。但是他们没有人抱怨，更没有人退缩，相反的是，大家每天都铆足了劲儿以最好的精神状态完成工作任务。

一次偶然的机会，我将自己的钦佩之情表达给了李武平先生。他只是很平淡地告诉我，吃苦耐劳，是中华民族几千年以来的优秀品质，中国人从来不会被任何困难所打倒，加上公司还有优秀的企业文化，领导身先士卒，员工齐心协力，我们没有完不成的任务。

听他这么一讲，我恍然大悟，原来中国人的勤奋是与生俱来的。我因此更加确信，和中国朋友一起合作，我们的新首都 CBD 一定会建设得非常漂亮，一定会成为埃及人民的骄傲，请大家拭目以待。

我们是一对欢喜搭档

法鲁克·法伍兹·奥马尔

我的名字叫法鲁克·法伍兹·奥马尔，在埃及新首都 CBD 项目 P2&P6 标段工作。我工作和生活得很快乐，只可惜时间过得太快。

2018 年的 12 月，我应聘到一个采购员的岗位，那时候没有想得太多，就是想在中国人身上能够学习更多的工作经验，提高一下自己的工作能力。

我和许多埃及人一样，对中国人习以为常的印象是，个子不高，身体比较瘦小。但当我第一次上班，见到我的老板——采购经理孙宇轩（后来，我们习惯称呼他的英文名字 Eason Sun）的时候，彻底颠覆了我对中国人的刻板印象。Eason Sun 讲起话来嗓音粗犷而有磁性，个头高大，满脸的连鬓络腮胡子，我的许多埃及同事还以为他是阿拉伯人或者混血，但他的确是地地道道的中国人。看来，许多中国人并不矮小，有的甚至比欧美人还要健壮。

听说 Eason Sun 是个很有个性的人，认识了他，我们之间便有了故事。

项目刚刚开始干临建的时候，现场急需一些电线，于是我们俩就带着现金开车去市场上购买。店里的老板是个大胖子，样子很威武，他一看 Eason Sun 是个外国人，就有点爱答不理，让我们一直等着。10 分钟过去，半小时过去，一个小时过去，我们最后等了 4 个小时，老板才把我们要的货带过来。Eason Sun 因为老板的无故怠慢非常不满，表达了愤怒之情。

我惊呆了，但看到胖子老板吓人的样子，我担心 Eason Sun 会吃亏，想拉开他，可是这个中国人竟然一点都不认输。事后，我问 Eason Sun："那个胖老板样子挺吓人的，你一点都不害怕吗？"他笑着说："当然怕啊，但是我们在理的事，面子上不能怂啊。"哈哈哈，这个中国人真有趣，真有个性。

这种性格我喜欢，我们意气相投，从此成了越来越好的搭档和朋友。

每一次我们俩一起去市场或者供应商那里考察，他要表达的意思甚至不用讲出来我都能完全理解。作为一对搭档，我们配合得非常默契，我们尽力地争取供应商能够尽早尽快地满足我们的采购需求。

每一次考察结束后，我们都会去肯德基大吃一顿。我知道他喜欢吃鸡腿，我每次都会把自己的那份鸡腿留给他。

Eason Sun 是我的老板，工作中对我不失严厉，我有时想要点"小聪明"，但根本骗不到他。我们俩在生活中则是另一副样子，我们是亲密无间的好朋友，我的每一个孩子过生日的时候，我都会给他发照片，他则会在第一时间送来祝福。他每一次回国休假，我都会为他送行，他回到埃及的时候也会带给我中国的小礼物。

和 Eason Sun 在一起工作时是非常愉快的，我们俩是分不开的一对欢喜搭档。作为朋友，我也是非常喜欢、非常欣赏这个既有个性也有大爱的中国小伙子。

我有一群中国兄弟姐妹

奥马尔·萨义德

　　我叫奥马尔·萨义德，在中建埃及新首都 CBD 项目工作，一直在直营二项目部担任合约工程师。这期间，我和许多中国同事结下了深厚的友谊，我们之间相互关心，相互帮助，一起把合约工作做得有声有色。

　　2020 年 1 月的一个星期四，我来到 CBD 项目参加应聘面试。这是我第一次与中国人正式打交道，我至今仍然记得面试时的紧张与不安。我早就知道中国人的守时是出了名的，所以就很早动身并提前来到面试地点，试图给面试官留下良好的第一印象。

　　那天我见到了一位干净利落、活力四射的中国女孩，她叫吴聪聪，是直营二项目部的合约经理，也是这次招聘的面试官。面试时她提出的几个具体问题，我现在早已记不清楚了，但我记得她非常友好大方，说话彬彬有礼，温和谦逊，让我本来紧张不安的情绪很快地平复下来，几乎所有的问题都能够应答自如。几天后，我收到

公司人力资源部的通知，我被正式录用了。3月份我正式加入CBD
项目直营二项目部。

　　我来上班的第一天，吴聪聪小姐带着部门全体同事，对我表示
热烈欢迎，还向我隆重介绍了我们的项目经理渠天轼先生。她还帮
我配备了一台新的电脑、打印机和各种办公文具，并向我详细交代
了岗位职责、工作任务和工作流程。

　　从那天起，我一直受到吴聪聪小姐无微不至的关怀与帮助，也
能够感受到她作为部门经理所承担的责任与承受的压力。她远离家
乡和亲人，来到埃及东部沙漠，和我们一起建设新首都CBD项目，
带领着7名埃中工程师组成的精干的合约团队，一心一意、无怨无
悔地埋头工作，游刃有余地处理着各种烦琐的合约事务，稳步推进
整个部门的各项工作。虽然她只是一个女孩子，但在我心目中已经
成为一个典型的职场偶像。

　　如果说吴聪聪小姐是我的中国好姐妹，那么，李昱廷、谭景宇、
程枢、李雨适等朋友就是我的中国好兄弟。

　　李昱廷先生来CBD项目已经工作了多年，是一个有着丰富经验
的合约工程师，吴聪聪经理回中国休假的时候，就由他代替她的工
作。那段时间，他一个人要完成两个人的工作，忙得不可开交，还
经常带着我去分包单位处理一个又一个问题。

　　程枢先生和谭景宇先生总是朝气蓬勃、热情洋溢，干起工作来
好像浑身总有使不完的劲儿，每次看到他们的时候，总是那么忙忙
碌碌，从来闲不下来。我们的关系非常好，我把他们当作自己的兄
弟，他们也把我当作大哥。

　　他们两个对实操工作有着强烈的学习欲望，对专业知识有着非
同寻常的渴求。他们经常会就一些实操问题向我请教，我尽我所能

地教给他们一些新的东西和实际经验，比如，如何进行工程师工作，如何使用各种工程软件。知识和经验就是相互传递相互交流的，我想他们也会像我一样把自己所学教给后来的新人，这样，大家才能不断进步。

最后谈一下我的好朋友李雨适先生，我们俩的结识是一次偶遇。有一天下班时，我坐在回宿舍的大巴上，我的邻座是一位随和而健谈的中国小伙子。谈着谈着，我们俩就有了更多交集，很快就成为好朋友。这个邻座就是李雨适先生。

我们俩常常就埃及和中国文化进行比较，对彼此的文化都充满好奇，同时也希望学习对方的语言。李雨适先生的记忆力特别强，在学习语言时尤其如此。我有时冷不丁地用埃及方言问他："Izzayyak ?"（你好吗？）他马上微笑着用刚学到的阿拉伯语回复我："Kuwayyis ."（我很好。）然后，紧接着用阿拉伯语反问我："Inta amel eh ?"（你呢？）当我指出他的发音有问题时，我们俩便相互看着对方，然后哈哈大笑。我最佩服的是，他每天都抽出一点时间学习阿拉伯语，他的词汇量现在已经积累到让我惊讶的地步。作为他的朋友，我为这个中国兄弟天才般的记忆力，更为他持之以恒的毅力而骄傲。

我和中国朋友的故事还很多，我对中国文化也充满着憧憬和热爱，我多么希望有一天能够踏上中国的土地亲眼看看，看看我的中国兄弟姐妹生活的地方。

我常常把自己和中国朋友的故事讲给妻子和女儿听，我们全家都希望邀请中国兄弟姐妹到我家做客，我亲手给他们做最美味的埃及菜肴。

吴熙隆是我最理想的朋友

艾哈迈德·哈拉夫

2020 年 1 月，我来到中建埃及新首都 CBD 项目，在机电合约集采部做工程师，正当工作顺利开展的时候，没想到新冠疫情暴发了，然后项目实行封闭式管理。根据项目规定，我们埃及员工住宿施工现场，这样，我就有了更多的时间和机会与中国同事交往。

这段时间，我认识了我最要好的中国朋友吴熙隆先生。第一次与他见面，我就知道我们年龄相近，聊起来总能找到相同的话题。我们一起开会，一起工作，一直保持着非常密切的联系。

吴熙隆先生一天到晚总是忙碌，从来没有闲下来的时候，有时甚至连吃饭的时间也没有，我经常看见他匆匆忙忙吃完盒饭，就马上工作。但是，即使再忙，当有人有事情找他时，他总是微笑着面对。他是一个很友善的人，总愿意帮助别人，再大的难题在他的指导下总会一一化解。他还是一个很有耐心的人，总愿意倾听朋友的诉说，直到你的烦恼全部消除。在我看来，对于公司来说，他是最理想的员工；对于朋友来说，他是最理想的朋友，当你需要的时候，他总会出现在你身边。

我的朋友吴熙隆先生是一个受过良好教育的人，知识渊博，兴趣广泛，对历史和文化总是充满着强烈的好奇心，他经常就埃中两国的历史和文化与我交流。

吴熙隆先生非常喜欢埃及的金字塔，但因为工作忙，一直没有去看过。我答应他，等新冠疫情结束后带他去看看。有一天，我们俩一起去一家管道供货商的实验室做测试，一路上聊得很多，他向我介绍了许多中国名胜古迹，比如长城、紫禁城、布达拉宫、维多利亚港，以及享誉世界的中国高铁。因为与我交谈得非常投机，他的心情特别好，我也一样，工作完成后，我们一起拍了一些照片相互留作纪念。

吴熙隆先生还会经常与我一起分享他在中国拍的照片，以及埃中两国友好交流的信息。我明白他的意思，埃中两国的长期友好必须依靠我们这一代年轻人。

饮食最能集中反映一个国家的文化，这一方面我与吴熙隆先生交流得也非常多。他和我谈到中国普通老百姓喜欢吃的饺子、包子、火锅、面条和春卷等，这些食物怎么做怎么吃都非常讲究。我也跟他谈到埃及的许多大众食物，比如蚕豆、斋月糖果，他听得有滋有味，也想尝一尝。后来，我给他带了一只埃及烤鸡，他觉得好吃极了，并说以后要尝遍埃及美食。他说让我以后多带他在埃及转转，我们可以坐在尼罗河边，一边欣赏风景，一边品尝埃及美食。

我的这位朋友非常热爱体育运动，乒乓球和桌球都打得很有专业水准。恰好，我也喜欢乒乓球，有时我们俩还会按照中国规则进行一场友谊赛，无论谁输谁赢，大家都玩得很开心。吴熙隆先生的桌球应该比乒乓球打得更好，经过两个多小时的比赛，他能战胜所有对手。我认为吴熙隆先生的桌球专业水准极高，完全可以代表中国参加国际比赛。

谈到理想和未来，吴熙隆先生说他想在项目结束后到大学继续深造，攻读博士学位。除了正在从事的超高层建筑领域外，他还希望在高铁领域有所发展，因为在这两个领域中国都代表世界最高水平。他还想去德国等国家看看，希望与更多的人分享中国梦。

世界上竟有如此相似的两个人，我们的梦也是那么相似，难怪我们是好朋友。我也对超高层建筑和高铁非常着迷，也希望有一天到大学攻读博士学位，最好能够到中国留学，看看吴熙隆先生口里的中国到底是什么样。我想看看世界上最长的高铁网络，世界上最漂亮的超高层建筑，世界上最大的太阳能基地。

中国和埃及都是世界上非常古老的国家，两国人民都相当爱国，都对自己的文化高度自豪。现在两国人民的交往越来越频繁，经济合作也越来越密切，两国人民热爱和平，追求幸福，都在为将自己的祖国建设成现代化国家而奋斗。

我对吴熙隆先生说："如果中国和埃及携手，这个世界将会变得更加美好。"吴熙隆先生对我说："埃及和中国是命运共同体，全人类都是一家人。"

像胡秀一那样"严于律己"

艾哈迈德·利亚德

我叫艾哈迈德·利亚德，在中建埃及新首都 CBD 项目搅拌站混凝土罐车班担任班长，我是最早一批在中建埃及分公司工作的属地员工。

此前，我是埃及一家混凝土罐车租赁公司的司机。有一天，突然接到中建公司翻译马艳清先生的电话，他邀请我来 CBD 项目搅拌站混凝土罐车班做班长，并尽快来工地接收 10 辆来自中国的新混凝土罐车。他同时也请我引荐一批有经验的罐车司机，尽快组建混凝土罐车班。

我到任之后，又来了 6 辆新的混凝土罐车，加上第一批来的，一共 16 辆，我们很快组成了混凝土罐车班。胡秀一站长要求我管理好罐车班，做好日常调度，安排好司机轮班，处理好司机请假等事宜；也要对车辆状况进行日常跟踪，并定期进行保养和检修。

我按照胡秀一站长的交代去做了，很好地完成了自己的工作任务，而且年终还被评为优秀属地员工，拿到了荣誉证书，获得了经济奖励，还代表属地员工在颁奖大会发表获奖感言。我真没想到自己能做到这一切，更没有想到能够获得这么高的荣誉和奖励，我明白，这一切都离不开胡秀一站长的鼓励和帮助。

胡秀一站长是个少言寡语的人，但他喜欢研究问题，分析问题，还能提出解决问题的办法，他帮助我克服了许多工作上遇到的障碍和困难。他经验丰富，有时看起来很复杂的问题，他一两句话就可以解决，他是这方面的技术权威。

跟胡秀一站长熟悉后，我发现他不但专业精熟，而且心地善良，因此我们逐渐成为好朋友。有一件事情我印象非常深刻，一名罐车司机曾因意外受了点轻伤，需要到现场的医院拍片检查并接受治疗。当时已经是午夜两点钟了，胡秀一站长接到电话后立即带着几件生活用品和防疫用品来找我们，坚持要跟我们一起去医院。考虑到他不懂阿拉伯语，而且年纪大我们许多，我们坚持不用他去。当我们从医院检查完回来后，看到他根本没有回宿舍休息，而是一直在办公室焦急地等着我们。他问了问这位司机身体感觉如何，说了不少安慰他的话，并为我们办理了外出许可单，还再三要求跟我们一起送这位受伤的司机回家。

当时我在想，司机的伤势并不严重，他年龄那么大，深更半夜的，这些事情完全可以让别人来做，可他却愿意将这件事情一直关照到底。后来，我明白，作为站长，他是要将自己的责任尽到底。作为管理人员，不能仅仅指挥员工，更应该关心员工，这是我从他身上看到的宝贵品质。

有一天，我和一名员工就工作上的事情发生了意见分歧，我坚持自己的观点，但对方认为我提出的方法缺乏可行性，无法保证任务的完成。当这个争执反馈到胡秀一站长那里时，他耐心地了解了我们的分歧，然后，请马艳清先生翻译道："一个称职的员工要知道怎样对自己负责，而不是指责他所使用的工具，或是怪罪别人，因为这改变不了任何事情。你看起来是一个能负责任的人，你有能力改变自己的生活和命运。"听了他的话，我有点惭愧，但一直将这些话记在心里。

我们属地员工在聊天的时候，经常有一个话题就是中国人能够严于律己，这是他们从小就培养的品格。"严于律己"的意思就是，高标准地要求自己，克制自己的冲动，反省自己的错误，自己对自己负责。这与胡秀一站长那天所说的"称职员工"的标准，应该是同一个意思。

没错，胡秀一站长正是一个严于律己的人，我也要像他一样做一个严律于己的人，对自己负责，对工作负责，对社会负责。

友谊就像一把伞

基罗斯·米纳

我叫基罗斯·米纳，在中建埃及新首都 CBD 项目直营一项目部负责文控工作。来中建公司上班的时候，我就知道这是一个新的自我成长和历练的过程，后来的事实果然如此，在我的中国朋友尤其是刘崇川先生的陪伴下，我一路走来充满惊喜，收获不断。

人生的道路不可能是一帆风顺的，有的时候会走得顺利，会取得成功；有的时候则会历尽艰难，甚至一败涂地。但是，任何时候如果有朋友陪伴和鼓励，有友谊温暖和滋润，我们则会充满信心，走得坚强，走得体面。

刚来 CBD 项目上班的时候，因为埃中两国文化的巨大差异，我一时无法适应这样的工作环境，对自己能在公司工作下去缺乏信心。我们部门经理刘崇川先生看出了我的不安，就默默地陪伴在我身边，一有时间就跟我聊天，向我介绍公司的情况，介绍中国同事的工作作风和处事风格。慢慢地，我和他熟悉起来，我们聊的话题也越来越多，有时候还用阿拉伯语、英语和中文相互之间开起玩笑，以减轻工作带来的种种压力。

其实，我是一个喜欢交朋友的人，也是一个喜欢热闹场面的人。我的中国朋友经常邀请我参加他们的节庆和娱乐活动，比如中国春节、端午节，中秋节等，还与我一起合影留念，录制视频，并分享这些节日的文化内涵和礼仪风俗。

我的这些中国朋友也很喜欢埃及文化和历史，好多朋友都去过埃及的名胜古迹。还有一些朋友因为工作繁忙，暂时无法旅游，就让我发来这些景点的照片和视频跟他们分享，有的朋友还让我帮助制定以后的旅行计划。

文化只有相互交流，才能相互理解。彼此交流，学好对方的语言非常重要。我的中国朋友在这一点上与我有着共同的看法。我们身体力行，我跟着刘崇川和其他中国朋友学习中文，刘崇川和其他中国朋友也跟着我学习阿拉伯语，我们现在可以用简单的阿拉伯语和中文混杂在一起进行交谈。

休息日的时候，我常和刘崇川及其他中国朋友一起聚餐，他们做的中国美食非常丰盛，也非常好吃。我也会做一些埃及菜肴，请刘崇川和其他中国朋友品尝。他们吃后常常赞不绝口，看来我的厨艺还是不错的，得到朋友的赞赏，的确令人分外欣喜。

作为年轻人，我们都有自己的业余爱好，我的爱好就是看电影和玩游戏，有好的阿拉伯语、汉语及英语电影、电视剧，我会与中国朋友一起分享。我们还会一起玩网络游戏，中国是网络游戏大国，中国人开发的网络游戏很受全世界玩家的欢迎。

日子一天一天过去，我们的工作越来越忙碌，但也越来越顺利。可是，谁也没有料到，新冠疫情突然暴发，所有人的工作和生活轨迹全然改变。CBD 项目也因为防疫的需要，实行封闭式管理，我们属地员工一部分人居家办公，另一部分需要住在现场。

我在住宿现场，开始了新的工作和生活模式。尽管没有家里方便，但我得到了许多中国朋友的支持和帮助，其中刘崇川先生对我帮助最多，他亲自帮我安排了住宿的房间，并送来了生活用品，还不时地问候安慰我。

这期间，我一方面按照公司的防疫要求，做好自身的防护工作；另一方面重新制定自己的工作计划，尽最大努力克服困难完成任务。

因为住宿在现场，我与中国朋友相处的时间更多了，私下交流的机会更多了，我从他们那里了解到更多中国历史文化、风俗习惯，也亲身体验到他们在异国他乡的孤独和寂寞。但我感受最深的还是他们的顽强奋斗和不计得失的自我牺牲精神，他们经常要加班，要熬夜，每个人的身影都是忙忙碌碌的，每个人的步伐都是急急匆匆的。

我被他们感动，他们加班的时候，我也来加班，他们熬夜的时候，我也熬夜。

我们是一个团队，我们是一个整体，用中国话来说，这叫"风雨同舟"。

我和中国同事有一个共同的目标，就是把自己团队的业务搞上去，绝不拖整个项目的后腿。我们经常开会，交流各种信息和看法，研究和分析问题，以求拿出最佳解决方案。

刘崇川先生是我们团队的带头人，在我看来，他不仅是一位优秀的负责人，也是我们学习的榜样，大家都很尊重和欣赏他。他非常敬业，业务上精益求精，也善于与人合作。

我从他身上学到了很多东西，尤其是他待人接物和处理问题的方式，对我影响很大。比如，他对待每个人都可以做到与人为善，说话的时候总会为对方着想，处理问题时总是先将问题控制住，然后再找出合适的处理方案，不简单粗暴，绝对不让问题失控。

对我来说，刘崇川不仅是一个好领导，更是一位好兄弟。我在工作中遇到困难时，或者承受不了压力时，就会与他沟通或聊天。每次从他那儿，都会得到解决办法或者安慰与鼓励。他常对我说："时间总会过去，问题总会解决，情况总会好转，但任何时候我们都不应该屈服于外部压力。"我一直将这句话记在心里，并教给我的朋友和孩子。

现在刘崇川已经调回中国国内工作了，虽然我们不能继续在一起，但我们依旧保持着密切的联系，经常用微信互动。他会将自己在中国的情况发给我分享，我也会将自己在埃及的情况发给他。我希望有一天能去中国看看，与他一起谈天说地，与他一起看看中国的名胜古迹。

当然，我更希望他再次回到埃及，我不会忘记他开玩笑的样子，还有他在旅游时穿着古埃及服装的样子。

埃及有句谚语："友谊就像一把伞，越下雨越需要。"刘崇川，我想早点见到你，作为好朋友，我非常需要你。

张亮是我的良师益友

哈利德·阿巴斯

　　我叫哈利德·阿巴斯，在中建埃及分公司市场部做翻译工作。在这里我工作和生活得特别顺畅、特别快乐，因为我结识了好多中国朋友，尤其是我的良师益友张亮老师。

　　能来中建这家知名的国际大企业工作，是我职业生涯的荣幸。但刚来的时候，我确实有一种莫名其妙的陌生感，人生地不熟，谁也不认识，遇到事情难免紧张得不知如何是好。

　　到公司报到那天，张亮老师看到我一个人孤零零地站在那里，就主动走过来跟我打招呼。他讲一口流利的阿拉伯语，我顿时倍感亲切。他简单向我介绍了公司和市场部的情况，带着我看了看办公室，确认了我的工位。

　　因为平时无法回家，我只能住在公司员工宿舍。张亮老师带着我看了看宿舍，还带着我到仓库领取了生活用品，直到把我的住宿安顿好。此后，他还经常问我缺什么少什么，时不时地送我一些日常用品。工作安排好了，生活安排好了，我心里特别踏实，这大概就是中国人所说的"宾至如归"吧。

上班第一天，我们部门的经理就安排外出采购，因为买的东西比较多，采购的时间比较长，我很晚才回到公司。虽然累得筋疲力尽，但回到温馨的小房间，我的饥饿和困顿便一扫而空。我深深地感受到，我来的这家公司是多么讲究人文关怀，再苦再累也值得。

公司对我好，我更应该把工作做好。慢慢地，我越来越融入公司这个大家庭，我的翻译工作也做得越来越好，这一切都离不开张亮老师的指导和帮助。

我的工作主要是协助属地工程师与中国工程师进行沟通。刚开始，因为对项目不熟悉，对建筑专业不懂，很多专业术语，比如钢筋工、模板、支架等，我都不知道怎么翻译。于是，我一方面勤查字典，一方面虚心地向张亮老师请教。

张亮老师有着多年的建筑专业翻译经验，而且已经在中建埃及新首都项目工作了多年，对建筑专业的阿拉伯语和中文表达的外延和内涵都有深入的研究，专业翻译胸有成竹，日常翻译更是游刃有余。

在我向他请教的时候，张亮老师耐心地跟我讲解了翻译的同化和异化理论。他还告诉我，一个好的译者应该懂得如何在文化差异中寻求平衡，既能够清楚地表达输入语言的表意和寓意，又能够将输出语言转化为听者或读者习惯接受的表达方式，而这种表达方式又或多或少地受到输入语言的语境与文化所感染，中国翻译界前辈将这些经验总结为三个字——"信、达、雅"。

张亮老师的一番教导让我醍醐灌顶，多年来的困惑得到解决，一下子明白了翻译奥妙。我因此对他佩服得五体投地，遇见这位良师益友真是我的幸运。

后来闲聊时，我得知张亮老师很早之前在巴林留过学，还在巴林的一家中国企业实习过。正是因为有了这段阅历，他的阿拉伯语说得非常好，加盟中建以后更是如鱼得水，在新的平台上表现得出类拔萃。

从此，我下定决心要向张亮老师学习，做他那样的翻译高手。张亮老师也经常开导我、鼓励我、帮助我，我也没有辜负他的期望和教诲，每一项工作都能够完成得比较好，因而不断地得到同事和领导的称赞。

张亮老师还教了我好多中文新概念，比如丝绸之路经济带、21世纪海上丝绸之路、"一带一路"倡议、减税降费、供给侧结构性改革、政策沟通、设施联通、贸易畅通、资金融通、民心相通等。这些词汇，让我受益匪浅，既学习了语言，又了解了文化。

"大方无隅；大器晚成；大音希声；大象无形。"这是中国哲学典籍《道德经》里面的名言。我的理解是，真正有才华有抱负的人，都表现得内敛、谦逊、谨慎，即使是刚到一个新的环境中，也不会急于表现得与众不同，而是低调地做好自己的事情。正如另一部中国古代典籍《论语》里面所说的那样："君子有所为，有所不为。"

张亮老师给我的启发完全是中国式的。他告诫我，不要在复杂多变的职场中失去自我，要坚定地做好自己，不要因为遇到麻烦而焦虑，也不要因为遇到困难而逃避；不要锋芒毕露，也不要畏首畏尾，一定要把握分寸，知所进退，这样才能长久地立于不败之地。这让我想起埃及著名作家、诺贝尔文学奖得主纳吉布·马哈福兹《甘露街》中的"阿努比斯的第十二个仆人"。

中国有句话是"听君一席话，胜读十年书"。每次和张亮老师聊天，我都会有很大的收获。张亮老师不仅是我职场上的导师，也是我人生的引路人，和他共事如沐春风。

足球场上见真情

艾哈迈德·阿卜杜·瓦哈布

       我的阿拉伯语名字叫艾哈迈德·阿卜杜·瓦哈布，好多中国朋友习惯叫我的英文名字 Bibo。我来中建埃及新首都 CBD 项目已经很多年，一直在直营三项目部（CUC）做土木工程师。

       我结识了好多中国朋友，与大家相处得非常愉快，在相互的交流中，我对中国有了不少了解，我们的中国朋友对埃及也有了更多的了解。大家仿佛一家人，互相关心，互相帮助，让我们每一天都过得十分精彩。

       众所周知，埃及人非常喜欢踢足球，我更是痴迷到极点。来到项目组后，我很快发现许多中国同事与我有相同的爱好。体育是友谊的桥梁，因为踢足球，我结交了更多的中国朋友。马良先生就是我在球场上结交的最好的朋友。

       马良先生是直营一项目部的一名土木工程师，他来埃及的第 3 天，就被足球队的球友拉着去踢球。他在球场边看到了我，主动走近和我打招呼。虽然是初次见面，但我们聊得很投机。得知他也是穆斯林后，我们关系更近了一步，很快就成了无话不谈的好朋友。

在新冠疫情暴发前，我们这群足球爱好者经常在开罗的不同场地踢球。2019年12月，中建埃及分公司与另一家中国企业华为公司的足球队进行了一场友谊赛，但这场球赛仅限于中国队员之间，我不能代表公司上场，心里的确有点失落。

正式比赛前，我的朋友马良先生注意到了我的情绪，便邀请我和公司球队一起训练，俨然把我当成球队的一员。经过几次训练，球队有了明显的进步，但还没有把握战胜华为足球队。为此，公司足球队长决定带我们到外面的场地进行赛前训练。那天，我们到了一处非常漂亮的球场，大家做好热身运动后，就开始分组准备训练。因为许多球友都很欣赏我的球技，加上马良先生的推荐，队长便决定让我担任球队的教练。

能够得到大家的信任，我荣幸之至。我尽所能地将自己擅长的足球技巧和攻守策略分享给大家，比如运球、传球、相互配合的方法、具体战术等。因为我们是业余球队，大家水平层次参差不齐，因此必须因材施教。于是，我针对球技比较好的球员进行战术训练和指导，针对基本功比较弱的球员进行基础的传导球训练。由于方法得当，大家训练得都很投入，士气旺盛，斗志高昂，一连3个多小时都没有一个人休息，都沉浸在赛前的紧张和对胜利的渴望之中。

在训练的日子里，我很佩服球友们坚持不懈、顽强拼搏的精神，也很享受与他们踢球时的快乐。在大家的共同努力下，正式比赛时，我们踢赢了华为足球队。胜利的那一刻，大家激动地拥抱在一起，喜极而泣，在马良先生的鼓动下，大家把我高高地举了起来，抛向空中，我兴奋得高声欢呼。

拥有这样一群来自异国他乡的伙伴是多么有趣的一件事啊，这一刻我永生难忘。我还要把我们之间的故事讲给我未来的儿子，告诉他我曾经有过这么一群中国朋友，我们一起努力，一起赢得了一场足球比赛。

除了喜欢踢足球，马良先生和我一样，也是一个十足的"吃货"。他经常带我到开罗街头品尝各种中国美食，有一次，他带我去吃兰州牛肉面，那味道简直太棒了，我超级喜欢！他告诉我，放点辣椒和醋以后会更好吃。我照着做了，味道的确不错！但对我来说确实太辣，嘴都辣麻了。很可惜，我暂时无法消受这种强烈的味道，这可能与我们的饮食里从来没有那种红色辣椒油有关吧。

当然，我也经常带着马良先生品尝埃及美食。我对他的吃相印象深刻。有一次，我让他品尝一种埃及特色夹心大饼。应该是无法忍受那种不习惯的味道，他眼里强忍着无辜的泪水，嘴上还不停地夸奖"非常好吃"。我们俩相视一笑，他那种自相矛盾的神态，让人觉得十分有趣。但是，他后来真的爱上了埃及食物。他说，第一次吃都很难适应，万事开头难，习惯成自然。

看见中国人吃面条用筷子，十分灵巧，非常方便，而我只会把面条缠在筷子上来吃。于是，我向马良先生请教，他便向我展示了两种使用筷子的方式。我选择了一种简单方式慢慢练习，现在我也可以用筷子夹起面条了，尽管有点笨拙。

有一阵子，我生病了，整天躺在家里，非常无聊。马良先生就经常在 WhatsApp 上问候我，跟我聊天，帮我解闷。那个时候，我多么希望早日康复，早日回到项目，跟他大吃一顿，然后痛快淋漓地踢一场足球。

友谊没有远近，更没有国别。这就是我和我的好朋友马良先生的故事，我们的友谊一定会像 CBD 项目的大楼一样，深深扎根并矗立在古老的埃及大地。

这么亲密无间的合作伙伴

阿卜杜·热哈曼

    我叫阿卜杜·热哈曼，是雷蒙德公司驻埃及新首都CBD项目现场试验室主任，因为工作的关系，我结识了不少中国朋友，其中中建埃及新首都CBD项目试验室的工程师付伟先生和我关系最好。

    在CBD项目，雷蒙德公司试验室与中建试验室的全体合作伙伴，经历了无数的困难和挑战，但是我们双方精诚合作，最终圆满地完成了全部试验任务，以高质量的混凝土生产确保了现场施工，赢得了监理公司和业主代表的高度信任。

    对于中国建筑这家全球最大的建筑公司，我久仰其名，只是没有想到有一天也会与其合作。来到CBD项目现场后，我发现，工地大得不可想象，是我从来没有见到过的。这么重大的项目，对质量的要求肯定是我以前所接触的任何项目都无法比拟的，为此我感到有些担心和紧张，害怕自己在这样的大项目中无法管理好雷蒙德公司现场试验室，更无法完成相关的试验任务。

　　我把自己的担忧告诉了好朋友付伟先生，他不慌不忙地对我说："这个项目的确非常重要，也许是你我一生中能够遇到的最大工程，这对你我来说都是一次重要的机会，我们必须倍加珍惜。"他接着鼓励我说，"根据你的能力和工作经验，你是完全可以胜任这份工作，只要你努力，你一定会创造出令人惊异的成绩。"他还安慰我说，"你不要有太多的压力和顾虑，如果遇到什么困难和问题，我们一起解决，别忘了，我们是合作伙伴。"

　　听了付伟先生的这些话，我的顾虑慢慢打消了，对工作心里有了底，重新树起了信心，干起活来也有了劲头。

　　虽然我们只是中建试验室的合作方，但是中建试验室的刘学贵主任和付伟先生等朋友却一直没有将我们当作外人看待，他们经常邀请我们参加 CBD 项目的各项文体活动，还经常给我们送来可口的饭菜。

　　看起来这些都是小事情，但给人的感觉是我们两家公司不仅是合作伙伴，更是荣辱与共的共同体。我们从中感受到了中国朋友信任与关心，也感受到了中国朋友的慷慨与善良，这极大地提升了我们团队的士气，大家都愿意为共同的事业全力以赴。

　　由于我们的交通工具极为有限，无法满足经常要外出取样或做试验的需要，中建试验室的刘学贵主任和付伟先生，便为我们提供了交通工具，及时地解决了我们的交通困难。有一段时间，我们需要到距离 CBD 项目 80 多千米的两座城市工作，那里自然条件恶劣，当时正是大雾大雨时期。在刘学贵主任的安排下，付伟先生为我们的每次出行都提供了充分的准备，确保我们能够顺利完成任务。

　　经过双方的共同努力，我们为 CBD 项目提供了大批量的高质量混凝土，从来没有发生过一次混凝土样本报废，这是一个巨大的成功。

但是，我们的合作并非一帆风顺，和所有的人一样，我们的工作遭受新冠疫情的严重干扰。当新冠疫情到来时，许多人茫然不知所措，付伟先生告诉我一定要做好双方员工的心理抚慰工作，一定要尽快普及防疫知识。然后，付伟先生、李国强先生还有我便根据防疫手册给大家讲起了防疫知识，并要求大家科学防范，保护好自己和周围同事的健康与安全。

没多久，新冠疫情更加严峻，CBD 项目实行封闭式管理，我们和中建的属地员工一样也必须住宿现场。刘学贵主任和付伟先生为我们找到了舒适而干净的房子，就这样，我们像一家人一样在 CBD 现场生活了两个多月。

后来，我休假了，回到家人身边，但每天都可以收到付伟先生发来的信息，提醒我和家人做好防护，注意安全，保持健康。休假结束后，我返回 CBD 项目，和另一组雷蒙德公司员工在指定地点隔离。两周隔离到期后，经过核酸检测，我们之中没有一个人有新冠肺炎症状或疑似症状。

但在进行血清抗体检测时，我成了唯一一个经过多次检测均显示"抗体阳性"的人，这让我感到十分意外而异常沮丧。我担心，这不但会极大地影响我的工作，更有可能传染我的家人、周围的同事们，以及密切与我接触过的人。

关键时候又是付伟先生，他打来电话让我在单间里继续隔离，不要慌乱。在连续跟踪观察 3 天之后，他安排我到艾因沙姆斯专科医院进行专项检测，结果显示"血清抗体阴性"，也就是说我绝对没有感染新冠肺炎。听到这个消息后，付伟先生非常高兴，连声说好。随后，他马上给我送来不少防疫用品和预防药物。这件事情占用了付伟先生的大量时间，但是，他毫无怨言。

我的检测结果证明，我们两家试验室没有一个人感染新冠肺炎。这样，我的家人放心了，周围的同事放心了，我们总算安然无恙。

感谢付伟先生的帮助，愿所有的人远离疫情，平安健康！

经过艰苦努力，CBD 项目突飞猛进，现在大部分高层建筑主体已经完工，我们的工作越来越接近尾声，付伟先生因为阿拉曼新城项目的开工而调到那里，开始了自己的新工作。

我知道，这意味着我们将要分别一段时间，虽然有些依依不舍，但我还是为他送去了祝福，祝他越走越高、越看越远。那天，我特地和他一起登上标志塔楼顶，眺望远方，俯瞰整个 CBD 项目，然后合影留念。

祝你好运，我亲爱的朋友，到阿拉曼的时候我会看你，也希望你常回 CBD 项目看看，将来我们还会在一起合作共事。

第四辑
我们一起喝杯尼罗河的水

我们一起喝杯尼罗河的水

阿卜杜拉·哈立德·拉各布·艾哈迈德

2019 年 11 月，一个寒冷的凌晨，4 点 58 分，闹钟响了，催着我赶快起床，我眼睛睁开了一下。因为几乎一夜没有睡着，我还是再次闭上眼睛，希望能多睡一会儿。但是，因为必须上班，我不得不从床上爬起来。

我迈着沉重的步伐，走在路上，胸前好像挂着一个半吨重的铁轮子。来到公司后，我坐在办公室的椅子上，满身疲惫，忽然听到一个声音问我："你怎么啦？"我好像突然醒过来一样，立即点点头回答："我很好！"

这个人是我们公司的经理，他看了看我，接着说："你看起来心不在焉的样子，一定是昨晚没有睡好。今天你放假，回家休息吧。"我再三拒绝不过，只好拿着行李回家。我苦笑着，躺在家里的床上，依旧睡不着，我当时的精神状况非常不好。

睡不着，只好起来，我拿着一只咖啡杯装满纯净水，我只是想暂时戒掉咖啡。但是，喝水的时候依旧感觉到有一股咖啡味，苦涩得难以下咽。

于是，我把杯子放在一边，坐在椅子上浏览平板电脑上的网页。突然，一则招聘广告出现在我的领英（LinkedIn）主页上，中建埃及分公司多个岗位正在招聘。反复看了看这则广告，经过一番思考，我判断这是一个难得的工作机会。

但是，我犹豫了好几天，要不要寄出应聘简历？ 与中国人共事容易吗？ 我对中国人相当陌生，对于中国的了解更不会超过从媒体上看到的信息。

我听说过，中国人非常务实，做事情精确得像机器一样，他们更看重工作成就而不是生活质量，他们不善社交、不苟言笑。和这样的中国人整天在一起，怎么相处？ 这是我最担心的。

但是，有一句关于中国人的电影台词，说得似乎跟我听到的又不一样。那是我小时候看过的一部埃及老电影，里面有一句台词"中国人很好！"这句话多年来一直萦绕在我的耳边。

那段时间我之所以睡眠不好、情绪低落，是因为我根本无法适应当时那家公司的工作。如果不改变现状，我的精神可能就要崩溃了。我必须离开那家公司，尽量争取眼前的这次机会，即使没有应聘上，我也不会失去什么。于是，我向中建埃及分公司寄出了应聘简历，我想看看，中国人是否真的像电影里说得那么好。

没想到，我还真的接到面试通知。几天后，我来到中建埃及新首都 CBD 项目参加面试，接待我的是直营三项目部的设计部经理李增悦先生。他看起来非常友好，脸上总挂着笑容，一下子改变了我对中国人的印象。是谁把这种刻板印象强加给中国人的？李增悦先生绝对不是他们所说的那种中国人！

面试通过后，我在直营三项目部做了一名设计部文控员，受李增悦先生直接领导。因为整天和他打交道，慢慢地，我们越来越熟悉，成为好朋友、好兄弟。

我发现，李增悦先生不仅不刻板，而且非常有趣。工作上，他和所有的同事都配合得非常好；生活上，他的爱好十分广泛，他喜欢埃及文化，喜欢埃及美食，还喜欢学习阿拉伯语。有空的时候，他就跟我学习阿拉伯语单词，我也向他请教一些中文日常用语。我跟着他学了一首优美的中国流行歌曲，他也跟着我学了一首埃及歌曲，但是，他学习得比我快，唱得比我好。他的性格非常随和，大家都很喜欢他，无论中国人还是埃及人都愿意和他交朋友。

跟李增悦先生在一起，我们设计部的埃中两国同事相处得非常愉快，工作也开展得非常顺利。谁曾想到，一夜之间，新冠疫情在全球暴发，我们的生活秩序全改变了。CBD 项目因为新冠疫情，实行封闭式管理，埃及员工和中国员工一样，需要住在工地现场。

我的好朋友刘冰先生，面对新冠疫情，一点也不慌乱，上班照样好好工作，下班照样打篮球。他在做好自身防护的同时，还愿意照顾我这个第一次住宿现场的人。他给我买来了日常生活用品，给我带来了床垫和毛毯，让我安稳地在现场住了下来。在我住宿现场期间，邓华晖先生、李文学先生、徐森先生、王一恒先生等好朋友，也向我伸出援助之手，经常对我嘘寒问暖，缓解我的焦虑情绪，帮我解决生活中遇到的困难和问题。

我的这些中国朋友心地善良、品行高洁，就像杯子里的水一样纯净。我与他们朝夕相处，难分彼此，我似乎觉得自己已经变成了一名中国人，而他们也变成了埃及人，我们在一起就像一家人，根本没有国籍之别。

因为喜欢这些中国朋友，我对中国这个伟大而遥远的国家更加心驰神往。我非常期待有朝一日去这个国家看看，亲自体验一下中国与众不同的文化和艺术，游览中国的名胜古迹，领略中国现代化建设取得的巨大成就。

在埃及新首都建成后，也许他们会回到中国，也许我与他们会分离一段时间，也许我会因此万分痛苦。但我十分相信古埃及人流传下来的一句谚语："喝过尼罗河水的人，无论走得多远，还是会回来的。"

亲爱的中国朋友，我们一起喝杯尼罗河的水，为友谊干杯！

刘又铭是个乐于助人的好朋友

伊斯兰·纳迪·麦博鲁克

    我叫伊斯兰·纳迪·麦博鲁克，毕业于赫尔万大学土木工程系，现在在中建埃及新首都 CBD 项目直营三项目部合约部做 QS 工程师。

    此前，我很少接触中国人，对中国人的了解仅限于课本、媒体、电影电视之类。上小学的时候，我从历史教科书中知道，在遥远的东亚，有一个幅员辽阔的国家叫中国，有着和埃及一样悠久的历史和古老的文明，中国长城和埃及金字塔一样举世闻名。从电影和电视上，我看到中国人使用筷子，中国人喜欢吃饺子，中国书法非常漂亮，尤其是神奇的中国功夫激起了我极大的兴趣。那个时候，我幻想着有一天可以去中国，学一身中国功夫，像中国人一样飞檐走壁。

    尽管小时候去中国学功夫的梦想没有实现，但是我非常幸运地加入中建公司，可以整天和中国人在一起，可以更方便地了解和学习中国文化。

我来中建公司参加应聘面试的时候，认识了我的第一位中国朋友刘又铭先生。那天，他亲自开车来到 CBD 项目的南大门迎接我，然后带着我去面试，面试结束后又开车送我回去。当我得到录用时，又是刘又铭先生第一时间通知我。

由此可以看出，刘又铭先生是一个善良的人，一个乐于助人的人，这让我对中建公司和中国人有了特别的好感。所以，能够加入中建公司，与刘又铭先生这样的中国同事一起建设新首都 CBD 项目，对我来说是非常荣耀的事情。

上班后，刘又铭先生向我介绍了项目基本情况，以及我的工作内容和业务流程，并介绍部门的各位同事和我认识。

经过一段时间交往，我和中国同事慢慢地熟悉起来了。中国同事给我的第一印象是很谦逊，很勤奋，但不太喜欢说话，总是沉默着。后来，我发现他们沉默的真正原因是大多数人不会讲阿拉伯语，与埃及人沟通时只能用英语，而英语并非他们的母语，主要在工作场合使用。可是，他们很会处理人际关系，对埃及人非常友好。和他们相处时间长了，彼此熟悉之后，他们也愿意聊天，也喜欢开玩笑，有时在交谈中还夹杂着几个阿拉伯语词汇，他们其实很有幽默感。

中国同事最让我欣赏的地方是他们工作时的那股认真劲儿，那股勤奋劲儿。他们说中国传统文化认为勤奋是成功的基础，勤奋的人最受尊敬。他们的这种品质深深地影响了我。

正当我准备在这里大干一场的时候，我生病了，公司让我待在家里休息一段时间。这期间，我的好朋友刘又铭先生每天都会与我用微信交流，了解我的健康状况和治疗状况，还向我介绍项目的运作情况。后来，他还安排我到医院进行检查。当我恢复健康后，又是他开车把我接到办公室。

在我生病期间，刘又铭先生给了我无微不至的关心和帮助，这让我十分感动，我认定了他是一个值得深交的好朋友。

我的这位中国朋友不但心地善良，而且性格开朗，为人随和，非常健谈，很有幽默感。工作时他非常认真细心，闲暇时又喜欢聊天，经常和我一起开玩笑。

由于刚从学校毕业，领导给我的工作任务并不算太难，加之有刘又铭先生的指导和帮助，我的工作一般都会比较顺利地完成。作为我职场上的第一位导师，刘又铭先生很有耐心，每次领导安排任务后，他都会告诉我要做哪些事情，怎么做这些事情，应该在什么时间完成，还反复提醒我要有时间观念，不要拖延。

有一次，我的领导给我安排了一项紧急任务，动手前我向刘又铭先生请教，他给我提出了几条建议和完成这项任务的正确方法。任务完成后，我又请刘又铭先生检查了一遍，他发现了几处简单的错误。尽管他事前提醒过我，可我还是发生了这些错误。但他并没有责怪我，而是心平气和地向我指出了发生这些错误的原因，纠正这些错误的办法，以及今后如何避免这些错误。他的一番话，让我受益匪浅，有这样的好老师，真是我的幸运。

刘又铭先生与人交往的时候，不但很有耐心，而且心细如发。有一次他看见我的办公桌没有抽屉，资料无处堆放，就立刻从别的同事那里找来一个多余的抽屉，帮我装上，这让我再次感动不已。

随着我们之间交往的加深，我发现刘又铭先生爱好极为广泛，他非常喜欢新鲜的事物，对外国文化总是充满了好奇，这一点倒与我有点像。他去过埃及国家博物馆，看过吉萨金字塔群和狮身人面像，对古埃及人的智慧非常敬仰。

　　我们在一起的时候，也经常相互交流一些私人问题。他的年龄比我大一点，已经工作好几年了；他很喜欢足球，对于我最喜欢的足球明星穆罕默德·萨拉赫，他也同样喜欢。

　　我们俩还相互学习对方的语言，我教了他不少阿拉伯语日常用语，他也教了我不少中文日常用语，比如"你好""谢谢""不客气""做得好"。他身在埃及，对埃及的各种节日都比较关注，我也从他那里了解到不少中国传统节日习俗，比如春节、端午节、中秋节。

　　刘又铭先生不仅对我很友好，对其他埃及同事也很友好。我看到，无论中国人还是埃及人，大家都很喜欢他。

　　我的母亲和姐妹得知我在公司有一个非常亲密的中国朋友，都非常高兴，多次提出邀请他来我们家做客。我把家人的心愿告诉了刘又铭先生，他也十分乐意。

　　我的中国兄弟，我会将屋子打扫得干干净净，为您准备一桌丰盛的饭菜，我们欢聚一堂，一起庆贺我们纯真的友谊。

跟着钟翔感受中国文化

雅思曼·罗特斐·诺亚

　　我叫雅思曼·罗特斐·诺亚，2019 年 7 月 1 日加入中建埃及新首都 CBD 项目，在 P2&P6 标段担任装饰设计师。起初，我对来到这家著名的大型跨国公司多少有些紧张，因为我此前很少接触中国人，对中国和中国企业一点也不了解。但是现在，我非常肯定自己当初的选择十分正确。

　　来 CBD 项目后，我经历了许多人和事，留下了许多值得永远回味的珍贵回忆，特别是遇到了我最好的中国朋友钟翔小姐，我们习惯称呼她的英文名字 Jana。

　　Jana 是一名阿拉伯语翻译，能讲一口流利的阿拉伯语，我们之间的友谊也是从语言开始的。在一次项目组织的活动中，她不但主动地用阿拉伯语向我介绍活动的内容，还教会了我几句中文日常问候语。这是我第一次接触中国文化，Jana 的热情让我感到中国人和中国文化并不那么神秘，是非常平易近人的，我因此对中国文化产生了浓厚的兴趣。

我入职不久，就迎来了中国的传统节日——中秋节，项目因此而举办了一场有埃中两国员工参加的中秋晚会。晚会准备了丰盛的食物，埃及的特色美食和中国的传统美食都有。我第一次拿起中国筷子，品尝了中国水饺。

我是一个性格内向的女生，第一次与外国人一起参加这样大型的晚会，的确有些紧张。Jana 看出了我的心思，她热情地鼓励我参加晚会上的趣味活动，我鼓起勇气跟着大家一起参加了，确实从中感受到团队合作的乐趣，直到现在我的手机上还保留着"套袋赛跑"活动的珍贵视频。

Jana 还向我讲述了中秋节的来历，以及所要表达的"乡愁"文化。听完以后，我不禁赞美起中国传统文化对个人和家庭的人文关怀。我知道，我身边的每一个中国同事都有自己的故事。他们不远万里来到埃及与我们一起建设新首都，他们每天都在辛勤地奋斗，同时也在思念着远方的亲人，中秋节正是他们表达思念的节日。当 Jana 讲到中秋节所表达的文化情感时，她的眼神里流露出一种无法自控的伤感，她也在想念自己的家乡和亲人。这次晚会让我和 Jana 走得更近了，我第一次看到了最真实的 Jana，她和我一样都会在特别的气氛中流露真情实感。但是，在现实生活和工作中，我们依旧是那么坚强。

我们项目的业余活动丰富多彩，经常会举办一些文体娱乐活动，以及埃及和中国的节庆活动。每一次活动，我的好朋友 Jana 都会拉着我参加，并介绍我认识了许多中国同事。有一次，项目为女员工举办了一场演唱会，埃及女孩和中国女孩一起手拉着手唱歌跳舞，一起参加了各项趣味活动。活动结束的时候，项目为每一位女孩赠送了礼物，这一刻埃中两国的女孩就像姐妹，我们是多么的幸福。

在项目工作期间，我发现中建公司有个好的传统，那就是经常开展各种公益活动。有一次，项目组织员工到开罗一家养老院慰问老人，又是 Jana 拉着我一起去。我们在那里度过了充实而美好的一天，我们一起为老人们送慰问品，做午餐，打扫卫生。这次活动让我更加欣赏这群来自中国的女孩，她们和埃及女孩一样，都有着尊敬和爱护老人的传统美德。我想，这个大概就是埃中两个文明古国深厚友谊的道德基础吧。

Jana 每次从中国休假回来，都会带给我一些精致漂亮的小礼物，我会把这些礼物放在卧室里。现在，Jana 因为工作原因，已经调回中国，我不知道她什么时候还能回来，但是我非常期待她能再次回到埃及。有时候，我看着 Jana 送给我的小礼物，就情不自禁地想起我们在一起的点点滴滴。我也想象着有一天可以去中国看看，与 Jana 再次相聚，让她带我了解更多的中国文化，游览中国大好河山。

Jana，我们什么时候能够再次相见？我等着你的回音。

我的第一位中国朋友

马哈姆德·穆斯塔法·萨义德·卡门

我叫马哈姆德·穆斯塔法·萨义德·卡门，在中建埃及新首都CBD 项目的直营三项目部做测量工程师。此前我在 CBD 项目的一家埃及分包公司 SIAC 工作，虽然来中建公司的时间不长，但和他们打交道的时间也好几年了。这期间我认识了娄柳先生，我们成了好朋友。

作为中建公司的合作方，我在 SIAC 工作期间，每天都要和代表中建公司的中国工程师打交道，但大家基本上是一种工作关系，几乎没有什么私人来往。直到有一天遇见了娄柳先生，我才有了第一个中国朋友。

娄柳先生也是一位测量工程师，我们俩算是同行。那天，他找到我，请我帮他完成一些工作任务。他说话彬彬有礼，语气温和，态度诚恳，让我无法拒绝。可是，当时我手头正好有件急事必须尽快完成，就请求他给我一点时间，等我的工作完成后马上帮他。他便提出他先帮我完成手头的活儿，然后我们俩再一起完成他的事情。我觉得这个办法挺好，我们俩很快完成了我的任务，接着又很顺利地做完他的事情。这种配合非常奇妙，谁的工作都没有耽误，而且还学到了对方的长处。

从那以后，我就开始注意这个与众不同的中国同行。可是，我一连几天在工地都没有看到他。他是不是调到别处了？我连他的姓名都不知道。有一天，我和我的一位埃及朋友聊天，顺便向他谈到有这么一位中国人，对人十分友好和善，说话时总是面带微笑，性格开朗，风度优雅。我问他是否认识这个中国人，是否知道他的姓名。我的这位朋友给了我一个否定回答。

又过了几天，我因为工作上的事情，去找 Dar Al-Handasah 公司的咨询工程师。不曾料到，我带着这位咨询工程师赶往现场的时候，突然遇到了娄柳先生，便远远地对他大声喊道："朋友，你最近挺好吗？"随后，我们便亲切地交谈起来。娄柳先生依旧笑容可掬，落落大方，再一次给我留下了良好的印象。

此后，随着交往的增多，我们便成了好朋友。我们经常见面，经常交谈，互相倾听。我问了他许多关于中国的事情，他总是满怀憧憬地谈论着自己的祖国，看得出，他对自己遥远的祖国无比热爱、无限眷恋。他同样问了我许多关于埃及的事情，当我表达出对埃及当下现实的关注和美好未来的向往时，他也向我投来了尊敬和羡慕的目光。

CBD 项目进展越来越好，我的工作也越来越顺利，这一切都让我心满意足。可是，一场灾难不期而至，新冠疫情在全球暴发了。整个埃及进入防疫的紧急状态，CBD 项目也实行了封闭式管理，我需要住宿现场。

　　随着新冠疫情的日益严峻，我的家庭生活遇到了不少困难。这时候，我想到了让我羡慕已久的中建公司，我想成为这家国际大公司的一员。我便找到了娄柳先生，把我的想法一五一十地告诉了他。他对我表示了坚定的支持，并让我尽快准备应聘简历。在娄柳先生的引荐下，我顺利地加入中建埃及分公司，开始了我新的职业生涯。从此，我便和娄柳先生成为密切配合和互助的同事了。在他的带领下，我很快地融入公司团队，并成为一名合格的测量工程师，高效而精确地完成了所有测量任务，赢得了周围同事的认可和尊敬。

　　我的进步都离不开娄柳先生的帮助，我想一直和他共事下去，至少到 CBD 项目结束。可是，这个世界上好多事情不可能尽如人意。有一天，娄柳先生告诉我，他因为家庭原因，要调回中国国内工作了。这让我十分伤感，要和最好的朋友分别了，不知道什么时候还会相见。但转念又想，他要回国和家人团聚了，这对他来说也是一件好事，我应该替他高兴才对。

　　娄柳先生回到了他朝思暮想的祖国，和家人一起过上幸福美满的生活。但他没有忘记我这个埃及朋友，经常会发来信息问候我，问候 CBD 项目。

　　是的，无论山有多高，水有多远，作为好朋友，我们的心永远在一起。

田小强改变了我

默罕默德·阿卜杜·摩涅姆·亚伯拉罕

    我叫默罕默德·阿卜杜·摩涅姆·亚伯拉罕，2019 年 7 月正式加入中建埃及新首都 CBD 项目，在 P2&P6 标段担任建筑设计师。此前，我几乎没有接触过多少中国人，我对中国的了解仅限于电影，特别是中国武打电影，比如《叶问》之类，我很喜欢中国的武打明星李连杰、成龙、吴京。来到 CBD 项目以后，我发现普通中国人跟我一样，也不会什么中国功夫，他们和普通埃及人一样勤勤恳恳地工作。

    我上班的时候，正好是开斋节。我刚认识的中国朋友田小强先生想为我庆祝一下，就邀请我到一家酒店参加一场集体早餐。那里的气氛非常喜庆，吃完美食，还可以观看文艺演出。在观看演出的时候，田小强先生送给我一个礼品包，里面是一盒中国茶叶。这是我第一次收到来自中国的礼品，我当时的心情特别激动。

    和中国同事一起工作的时候，我最佩服是他们的认真劲儿和刻苦精神，这一点在田小强先生身上表现得尤为明显。我们每天会完成大量的设计图纸，其中肯定存在不少问题。田小强先生将这些图纸每一张都进行编号和标注，并且一张一张地认真地检查，发现问题及时更改。跟田小强先生在一起，我不但学到了不少好的工作经验和方法，更学到了他那种认真负责的工作态度。正是因为有了这一段历练，我周围的朋友都说我变化很大，变得越来越严谨了。我明白，是我的好朋友田小强先生影响和改变了我。

除了工作之外，我与田小强先生日常的交流也很多，我们会经常关注发生在对方国家的新闻，一起谈论足球比赛和电影电视，我向他讲了许多有关埃及籍的英超足球明星萨拉赫的故事，他也向我推荐了一些成龙主演的中国功夫电影。

有一次，田小强先生要回中国休假，临行前，我送了他金字塔和狮身人面雕像作为礼物，他非常喜欢。他从中国回来时，送给我一瓶中国蜂蜜，我也非常喜欢。我们都把最好的礼物送给对方，这就叫朋友。

后来，新冠疫情暴发了，CBD项目采取了严格的防疫措施。田小强先生为我们部门配备了口罩、酒精和其他清洁剂，再三叮嘱我们要戴好口罩，避免到人员密集的场所去。他还经常询问我的身体情况，提醒我千万要防护好，不要影响到家人。经过一年多的奋战，新冠疫情没有吓到CBD项目的埃中建设者，反倒将我们更紧密地团结起来了，我们的工作不但没有停下来，而且不断取得新的进展。

我在新闻上看到，先是埃及对中国进行大规模抗疫声援与提供医疗物资援助，接着又是中国向埃及提供防疫物资援助和新冠疫苗。这些画面让我十分感动，我们一直在携手合作，共同抗疫，埃中友谊不仅体现在国家层面，更体现在人与人之间。

　　尽管我们顽强地抗击着新冠疫情，但是新冠疫情一波接着一波，一时难以退却，而且深刻地改变了我们的生活和工作秩序，影响着全世界的千家万户。因为新冠疫情，埃及到中国的航班停飞了，这直接影响到我的好朋友田小强先生回国与家人团聚。他已经一年多没有回国了，一直没有见到他已经出生的孩子。我非常理解他对家人的思念，可是我帮不了他什么，只能说几句安慰的话。

　　在 CBD 项目，还有许许多多中国同事与田小强先生一样，他们远离家乡和亲人，来到遥远的埃及，与我们一起建设埃及人民的新首都，他们承受着巨大的生活压力和工作压力，可是他们从来没有什么抱怨和激愤，像骆驼一样默默无闻地埋头苦干。我想，CBD 项目建成的时候，当埃及人民住进这崭新而美丽的城市时，一定会向他们投来赞赏和敬佩的目光。

李辉凡是我的带路人

艾哈迈德·默罕默德·阿卜杜·贾法尔·阿里

我叫艾哈迈德·默罕默德·阿卜杜·贾法尔·阿里，2019 年 3 月下旬加入中建埃及 CBD 项目，在 P2&P6 标段做测量工程师。

来中建公司之前，我在开罗一家埃及公司工作，但我经常关注 CBD 项目，因为这个项目在埃及的影响力实在太大了。我也经常上网浏览有关中建公司的信息，知道这家公司是 ENR 排行榜上位居前列的全球非常大的国际承包商，因而也就梦想着有朝一日加入这家著名的跨国公司，加入埃及人民引以为傲的新首都 CBD 项目建设。

正在这时，我所在的那家埃及公司的一位经理辞职后加入中建公司，我很受震动。我觉得应该重新调整自己的职业规划，到一家大型公司开拓更广阔的职业前景，谋求更大的发展空间，进一步提升自己职业技术的续航能力。因为大型公司职业平台更大，机遇更多，可以接触更先进的设备和工作方法。

于是，我抓住中建公司正在招聘的机会，投寄了自己的应聘简历。在应聘面试的时候，我见到了接待我的测量部经理李辉凡先生。看得出，他是一位资深测量工程师，有着丰富的专业经验和超强的管理能力。他在简单自我介绍后，认真听取了我对自己工作情况的介绍，然后便开始测试我的办公业务能力和现场测量能力。我跟着他带着所有的测量仪器，实地考察了现场，并按照他的要求进行了多次测试，前前后后大概 4 个小时。在最后一项测试结束的时候，我对自己会被录用充满信心。果然，几天后，李辉凡先生正式通知我来上班。

从上班的第一天开始，我便感觉到李辉凡先生带领的这个团队非常优秀，岗位职责明确，人员分工合理，工作有安排有落实，全体同事团结友爱，遇到困难和问题能够群策群力地去解决，这些对我来说非常重要，因为在好的工作环境里，干起来更有动力。

作为测量工程师，我们的任务主要在现场。每一项任务开始前，李辉凡先生都要带领我们认真查看图纸，亲自指挥放线和提取坐标，测量任务完成后还要协调其他部门签字认可。当天的工作完成后，他还要带领我们清点第二天需要完成的任务，并将任务具体分配给每一个人，第二天我们上班时我们就知道该做什么了。

大的平台机会就是多，在 CBD 项目我接触到了好多以前闻所未闻的新鲜业务。P2&P6 标段的 D01、D02 和 D03 三栋高层住宅楼要施工一种特殊的新型结构叫作"树状柱"，这在埃及从未有过，也是整个非洲第一例。非常幸运的是，这种新型的工程结构让我遇见了。

这种"树状柱"对测量工作的要求十分高，能否顺利施工完全依赖于测量工作。为此，李辉凡先生亲自指挥整个测量工作，经常召集大家开会，一起讨论测量方案和施工方案。他认真查看和分析所有图纸，精确计算所有柱子的各种角度和高度，并带领大家多次预演这些支柱的安装。在正式施工时，按照他的要求，我们标记了这些柱子的中心，然后指挥几个中国熟练工人通过安装两个圆柱体来稳定这些柱子，接着在我们确定好安装的特殊部位后，多次检查以确保它们的完整性和准确性。经过超长时间安装、校正，再安装、再校正，我们终于在确保精度的情况下顺利完成了"树状柱"安装，取得了埃及历史上第一例"树状柱"施工的胜利。

李辉凡先生不只是我的上级，还是我最要好的中国朋友，我们之间建立了深厚的友谊。我认为只要大家工作配合密切，生活中相处愉快，就可以成为好朋友。

我与李辉凡先生之间的友谊也是从"吃"开始的。我喜欢中国美食，他也喜欢埃及美食，我们吃饭的时候经常相互交流各自国家的风土人情和历史文化。有时候，我们还相互赠送对方一些食物，比如鱼和水果之类。他回中国休假期间，我们也一直保持着联系，不但聊工作，也聊些日常琐事。

我认为，李辉凡先生不仅是我工作上的带路人，也是我生活上的好兄弟。和他在一起，我心里很踏实。

我们都是一家人

艾美拉·阿卜杜·萨拉姆

从阿尔及利亚到埃及，我在中建公司工作了很多年，可以说，已经是一名名副其实的"老中建"了。从一名刚走出校门的毕业生成长为一名资深建筑师，我经历了许多事，结识了许多中国朋友，与他们建立了深厚的友谊。我们一起学习，一起工作，度过了快乐的时光。当然，也有伤感的时候，那就是有的中国朋友要回国了，我们不得不暂时分别。

我至今还记得曾经有一位项目经理在与我分别的时候说的一句话："我们之间不要说告别，我们都是一家人，我们应该会永远保持联系，在你需要的时候，我随时都会伸出援手。"这句话说到我的心里，我永远不会忘。

2013 年，就在我从阿尔及尔国立理工大学建筑学院毕业的时候，中建公司组织了一场应届毕业生校园招聘会，我被顺利录用，并成为正在建设的阿尔及尔大清真寺项目的一名建筑师。

这个项目是当时正在建设的世界上最大的清真寺和非洲最高的建筑。作为一名应届毕业生，甚至连小型建筑事务所的工作经验都没有，却一下子进入到这么大的跨国公司和这么大的工程项目，让我既兴奋又惶恐。

但不管怎样，我必须干好这个项目，因为这是我的第一份工作。在这个项目，除了阿尔及利亚同事，更多的是中国同事，我因此发现了独特的企业文化：每个人都有强烈的时间观念、过硬的专业素质和独当一面的责任能力，而且能够相互尊重、团结互助、密切配合。

我刚上班的时候，得到许多中国同事的指导和帮助，甚至几年以后，我已经成为一名业务骨干，依然会有人及时地给予我必要的帮助。当然，项目领导和同事也十分尊重我，他们会很认真地听取我的专业意见，采纳我的解决方案，给我独当一面的机会。

刘业锋、王涛、袁雪峰三位先生是我在幕墙专业和内装专业岗位时的团队领导，他们不但是优秀的管理者，更是杰出的技术专家。他们带领着整个团队克服了一个又一个困难，完成了一项又一项艰巨任务，一直努力地推进工程。他们也是我的好朋友，我从他们身上学到了不少东西，尤其是勇于自我牺牲的敬业精神。在这个项目，我还结识了张海旺、张智城、栾苏城等工程师，以及 Selin 和 Ludivine 两位法语翻译，他们年龄比我大一些，工作经验非常丰富，给了我不少支持和帮助。

我也结识了许多像我一样的应届毕业生，我们的职业起点一样，共同的话题更多，交流的方式也更多。其中，我与闫小平的接触最多，他带领我们这群年轻人组成了一个高效的工作团队，一干就是 5 年多。在这个团队里，我们一起研究解决各种复杂的技术问题，相互帮助，共同成长。

在阿尔及尔大清真寺大项目这几年，工作是非常忙碌的，生活却是十分精彩的。我经常应邀参加公司组织的中国节庆活动，因此而接触到许多中国当代流行音乐和中国传统民族音乐，对中国文化有了越来越深入地了解。当然，我也通过这些活动发现了我们团队原来有那么多才艺出众的人才，比如，董祺的歌声非常优美，Victor演奏的传统器乐非常精彩。

在节庆活动中，我还品尝到不少中国美食。多年来，在中国朋友的带领下，我经常与他们一起吃中餐，我很喜欢吃饺子、包子和面条。餐饮是一种文化，我每次吃中餐的时候，就好像去了一趟中国，每次都是那样新奇，那样耐人寻味。

我喜欢中国美食，我的中国朋友也很喜欢阿尔及利亚美食。我经常邀请中国朋友到我家里做客，让他们品尝我亲手做的阿尔及利亚菜肴，让他们在美食中感受阿尔及利亚的风俗习惯和生活方式。

在休息日，我们团队还经常组织一些郊游活动，一方面让大家得到休息和调整，另一方面也借此机会让大家了解阿尔及利亚的风土人情。我们曾经一起参观过阿尔及尔的历史中心——古堡，它以古老的宫殿和几个世纪前在马格里布和安达卢西亚流行的摩尔人建筑风格而享誉世界。我们还一起参观过位于地中海岸边的几千年前的罗马城市遗址蒂帕萨，以及山林密布、白雪皑皑的高原城市美狄亚城。

其实，阿尔及尔大清真寺是一个典型的宗教和文化建筑，对于我的中国朋友来说，是一次多么难得的学习伊斯兰宗教文化和阿拉伯建筑文化的宝贵机会。在这里，我的中国朋友懂得了伊斯兰装饰技术的独特性和多样性，学会了区分库法体、三一体和纳斯赫体等阿拉伯书法类型，见识了自古至今仍在使用的阿拉伯传统装饰工艺。

阿尔及尔大清真寺项目交付后，我的工作也基本结束。一个新的工作机会向我走来，我决定离开一起工作了几年的团队。但是当我与他们告别的时候，却又是那样的难分难舍。

我说的那个新的工作机会，就在正在建设的埃及新首都 CBD 项目，这是中建公司在埃及最大的项目，比我们以前在阿尔及利亚建设的任何一个项目都大。2019 年初，当我走进工地的时候，宏大的建设场面让我眼花缭乱，冷静下来后，我马上意识到自己离开祖国来到埃及的冒险是非常值得的。

更让我吃惊的是，在这个项目，我再次遇见以前在阿尔及利亚结识的许多中国朋友。比如，那位歌声甜美的董祺小姐，她现在负责 C11 和 C12 号楼的内装工程；还有与我在同一个团队一起工作多年、我最要好的朋友 Baylodie Liu，她现在负责 C05 和 C06 号楼的幕墙工程。她们俩一直是公司的业务骨干，法语和英语都非常好，我曾经向她们学习过不少东西。有她们在这里，即使远离家乡，我也不会孤单。我又想起了曾经的那位项目经理说的话："我们之间不是告别，因为我们还会再次相见。"

到 CBD 项目后，我很快加入幕墙专业团队。这个团队由王涛先生带领，他是我在阿尔及利亚时的上级。像以前一样，他对我依然是那样信任和器重，让我工作起来更有了劲头。

这个团队里，有我的老同事、老朋友孙尚一，我们在工作上继续相互配合、相互支持，我们还达成了一项相互学习的"协议"，他教我学习中文，而我则帮助他提高英语水平。尽管我们俩不标准的发音会受到周围同事的调侃，但我们依然坚持了下来。

在这个团队，我还结识了一位新朋友徐恩宇，他是一位幕墙专家。当我在工作中遇到困难的时候，他会毫无保留地给我指导，并教会我许多幕墙设计的新知识。

2020 年初，我的工作又有了变化，这次我被调到中心广场酒店项目（B01/B02/C09/C10），负责内装及外装工作。尽管离开熟悉的团队和老朋友，让人有些不舍，但是让人欣慰的是，这个新的团队同样优秀。新的团队由林功志先生带领，他也是一位资深装饰专家，同样给了我不少指导和帮助。

在这个团队里，我还结识了戴久清和胡聪两位先生，他们俩性情和善，乐于助人，是有口皆碑的大好人。还有热情大方的吴聪聪女士，后来我们成为极其要好的朋友。当我迷茫的时候，她会指点我；当我孤独的时候，她会安慰我，她总是带给我快乐。

在 CBD 项目，我还结识了许多埃及朋友。通过他们，我重新认识了兄弟一样的埃及人民，认识了这个谜一样的美丽国家。

在中建公司的时光是我生命中最宝贵的时光，我不仅收获了成长和进步，更收获了友谊和幸福。可以说，中建就是我的家，我已经离不开这个温暖的家和家里可爱的兄弟姐妹了。

李健帮我梦想成真

马哈尔·哈立德·赛义德

我叫马哈尔·哈立德·赛义德，2018 年 10 月 1 日加入中建埃及 CBD 项目，被任命为 CMO 办公楼现场工程师，那时我是刚刚走出校门的应届毕业生。

因为没有任何现场管理经验，对于胜任这份工作，我的确缺乏信心。但是，我很幸运，遇见了一个非常好的师傅李健先生。李健先生是一位现场经验非常丰富的工程师，做事不但速度快，而且质量高，这让我十分羡慕。

刚开始合作的时候，我很在乎他是否认可我，是否愿意带我这个徒弟，如果他不支持帮助我，其他人恐怕也不会。出乎意料的是，李健先生非常乐意带我这个徒弟，愿意将他的经验传授给我，当我在工作中稍微取得一点进步时，他都会表扬和鼓励我，这让我变得越来越自信。看得出，他是一位言传身教的好师傅，一位品行高尚的专业工程师。

在李健先生的带领下，我的现场管理工作做得越来越顺利，但我不满足只做一名合格的现场工程师，我希望能够做埃及人比较看重的质量工程师。这时正好有一个机会，DAR 监理公司要求我们项目增设一个埃及籍的质量工程师岗位，我便想试一试，但是我的请求遭到了 DAR 监理公司的否决，他们要求的工程师必须具有一定的资历和工作经验，而我只是一名应届毕业生。

这件事对我的打击相当大，让我困惑了很久，这说明他们根本不信任我的工作能力。而我的师傅李健先生并不这么看，他希望我先安心做好现场工程师，经历更多磨炼，直到自己能独当一面，再寻找新的机会。此后，他就经常带着我处理更难更复杂的问题，对我的业务指导也更加具体更加细致。同时，他还经常带着我跟 DAR 公司的监理沟通，让我跟他们建立起一个比较稳固的关系，也让他们对我进一步熟悉和了解。我明白师傅的良苦用心，为了自己的梦想，我也更加勤奋、更加努力，全身心地投入工作，不断地提升自己的业务能力。

CMO 办公楼现场工作结束后，李健先生调任 P2&P6 标段质量经理，负责这个标段 D01、D02、D03 高层住宅楼工程的质量工作，在他的推荐下，我被任命为 D01 高层住宅楼现场工程师。

这又是一个新的开始，从来到 D01 高层住宅楼现场的第一天，我就想成为这个项目里一个有分量的角色。但见到了李健先生后，我又想成为一名质量工程师，他正担任项目质量经理，我希望他能给我一次机会。但我明白，这在埃及任何一家公司都是不可能的事情，因为埃及的公司要求一名质量工程师必须具有至少 5 年的工作经验，而我当时的资历差得很远。这是无法逾越的鸿沟，尽管李健先生非常看好我，但是，他也无法改变规则。不过，他没有给我泼冷水，而是继续鼓励我："当我看到你在 D01 住宅楼现场能够处理好每一项施工任务的时候，用不着等五年期限，我一定会破格晋升你为质量工程师。"

我记住了师傅的这句话，哪怕再多等几年，只要能够梦想成真，这对我的职业生涯来说是一个很大的飞跃。从此，我牢记自己是一名现场工程师，不能见异思迁，不能好高骛远，必须专注地做好每一件大小事情，脚踏实地地朝着目标迈进。

后来，新冠肺炎疫情暴发，CBD 项目实行封闭式管理，我们属地员工住宿现场。尽管新冠疫情给我们的生活和工作带来了许多困难和压力，但是我们没有被吓到，而是继续艰苦地工作。我自己也充分利用这段时间，克服各种困难，将手头的各项工作做得更加出色。不久，我就受到 P2&P6 标段项目经理和 DAR 公司项目监理的表扬，那一刻，我感到自己总算是没有辜负师傅的培养。

几天后，我的师傅李健先生打电话给我说，他将尽快向 DAR 公司驻场总监理 Muhammad Nada 先生推荐我担任质量工程师。为此，他还帮我精心制作了一份简历，以便让总监理 Muhammad Nada 先生更容易认可我。就这样，我终于实现了自己的梦想，当上了渴望已久的质量工程师岗位，这比正常需要的年限几乎少了一半。

李健先生不仅是我的师傅，也是我最要好的朋友，平时在生活上对我关心很多。我住宿现场的时候，他经常叮嘱我要加强防护，戴好口罩，还时不时地问我需要不需要酒精、口罩之类防护用品，以及其他生活必需品。

他还经常带着我参加埃中两国的各种节庆活动，还会在节日聚餐时为我点上最好的食物。让我感动的是，他每次都会为我点上一份海鲜，他知道这是我的最爱。

应该说，李健先生将他所有本领和高尚品德都毫无保留地传授给了我，这正是我不断进步、实现梦想的根本原因，他就是我的领路人。

我找到了最好的朋友

哈尼·阿卡尔·默罕默德

中国有句话说得好："国之交在于民相亲。"9000 多名埃中两国员工正在建设的埃及新首都 CBD 项目，让两国人民越走越近，让两个国家更加友好。我有幸成为 CBD 项目建设者中的一员，因而我也是两国人民友好交往的使者。

我加入中建埃及新首都 CBD 项目已经多年了，结识了很多中国朋友，其中和丁彪先生关系最好。丁彪先生是 CBD 项目 P2&P6 标段三栋高层住宅楼的智能化团队主管，从事着整个项目最尖端的业务。

我第一次来到这家中国公司应聘面试的时候，就认识了丁彪先生，他对每一个应聘人员都非常礼貌，因此，很受大家喜欢。被正式录用后，我很快成为丁彪先生带领的智能化团队的一员，也很快成为他的朋友。

经过一段时间的交往，我对丁彪先生有了一定的了解。他是一位经验丰富、思维活跃、精明强干的管理者，能够团结和协调好团队的每一个人，善于应对和处理各种危机，使整个团队永远保持着旺盛的活力。我经常参加丁彪先生组织的图纸设计及施工措施讨论，他看问题总是一针见血，拿出的方案和措施总是让人十分佩服。他很有人格魅力，我跟着他学到了不少东西，尤其是他总是挂在嘴边的"铁军精神"。

作为一个管理者，丁彪先生有一个与众不同的特点，就是特别喜欢干净舒适的办公环境。在他的带领下，我们团队的办公环境是出了名的干净漂亮，周围的同事人人羡慕。我们团队的吴开达和付冬冬两位先生会经常将玫瑰花和其他鲜艳的花朵插进办公室的花瓶，不仅让人耳目一新，更让人感觉到一种家一样的温馨。有一次，他们还弄来一个漂亮的鱼缸放在办公室，当我们工作疲惫的时候，经常会围着鱼缸看一看，心情就放松了许多。

这样的办公环境，谁不喜欢？只可惜，后来暴发新冠疫情，我不得不居家办公，暂时离开了我们的办公室。

丁彪先生的业余爱好也很广泛，在新冠疫情暴发以前，他经常为团队组织一些体育比赛和文娱活动。我们团队的埃中两国篮球和足球友谊赛，我每次都会参加，我们同事还会带着自己的朋友一起为埃及队和中国队加油助威。比赛结束后，我们会一起分享埃及美食，品尝中国绿茶。丁彪先生还喜欢各种益智活动，我们俩经常交流怎样快速恢复魔方，这让人找到一种回到童年的感觉。

作为好朋友，我和丁彪先生的私人交往也是非常多的。他经常会送给我一些我没有吃过的水果和坚果，比如一种叫作"榴莲"的水果，还有享誉世界的中国绿茶。他送给我的中国绿茶分了好几种类型，并告诉我喝这些中国茶的方法和好处。他每次回中国休假的时候，都会帮我从中国代买一些物品，比如苹果手表之类，还会赠送我一些漂亮的中国纪念品和中国食品。

还有一件事情，让我感到丁彪先生做事的细心周到。之前的开斋节，项目为我们准备了礼品盒，我因为当时居家办公，没有办法去 CBD 项目领取。丁彪先生就将礼品盒保存好，等我上班时第一时间就交给了我。回到家里，打开礼盒，我们发现里面全是好吃的甜点，家里的每个人都很喜欢，尤其是我的女儿，甜点可是她的最爱。看得出，这些礼物是项目同事和丁彪先生精挑细选的，他们真是很用心啊！

埃及有一句谚语说得好："让我们先找朋友，其他一切都会来的。"在埃及新首都 CBD 项目，我找到了最好的朋友丁彪先生，埃及人民也找到了全世界最好的朋友中国人民，愿我们的友谊地久天长。

刘晓明很会照顾人

默罕默德·阿卜杜·安拉

我叫默罕默德·阿卜杜·安拉，2019 年 8 月 16 日加入了中建埃及新首都 CBD 项目，在 P2&P6 标段担任装饰设计师。在这里，结识了我最好的中国朋友刘晓明先生。

上班的第一天，我就认识了刘晓明先生，他是室内设计主管，不仅是我的同事，也是我的上级。当天，他向我详细介绍了项目的情况和装饰设计工作的内容与要求。刚开始交往的时候，可能是因为语言的问题吧，我和刘晓明先生之间的沟通仅限于工作，其他的话题几乎没有。随着交往的深入，我们彼此越来越熟悉，交流的话题也就越来越多。

当时大家的工作都很忙碌，不同专业之间的图纸配合量很大，而我所做的工作正是和其他专业联系最紧密的那一部分。其他专业的同事每天都要过来询问图纸进展情况，反复催促我加快图纸进度。而恰在此时，我个人的生活也是忙得不可开交，家里正在装修新房，正在为我筹备婚礼。

　　工作和生活的压力让我不堪重负，十分烦恼。有一天，家里有件非常着急的事情需要我处理，我告知刘晓明先生需要请假的原因，并表示家里事情处理完后自己将加班来完成手头的任务。他愉快地批准了我的请假，并告诉我先把家里的事情处理好，工作的事情不要那么着急。在我处理完家里的事情后，正准备加班的时候，才看到刘晓明先生在聊天软件上的留言，他已经安排了其他同事来完成我未完成的工作，让我处理好家里的事情以后再回来工作。看到他的留言后，我非常感动，非常感激他对我的理解和照顾，也非常钦佩他作为一名主管对工作的认真负责。

　　他看起来年龄不大，怎么会这么理解和照顾别人呢？后来在一次与他的聊天中，我得知他年龄比我大一点，经历过我正在经历的人生阶段，所以，他非常理解我。通过一件又一件事情，我们彼此越来越有好感，也因此成了能够相互关心相互帮助的好朋友。

　　刘晓明先生不仅善于照顾别人，更善于协调工作，是一个优秀的团队主管。起初，我们部门的人员配置并不齐全，工作分工也不明确。在刘晓明先生的主导下，我们装饰设计团队不断壮大，管理制度不断完善，工作分工也日益明确，我也有了固定的工作内容。刘晓明先生为了让大家有一个干净舒适的工作环境，专门制定了办公室的管理制度和每日卫生值班表，还要求每一个员工必须保持办公桌面整洁。按照他的要求做下来，我们的办公室一直保持着良好的卫生状况，而我自己也跟着大家一起养成了良好的卫生习惯，这一点在新冠疫情期间是多么重要啊！

　　跟刘晓明先生在一起，我感觉自己进步很快，尤其是他的敬业精神，不但感动了我，也深深地影响了我。有一段时间，我生病了，但我没有请假，继续坚持完成自己的工作，因为我很清楚装饰设计工作的紧迫性，我不能因为自己的事情而耽误其他同事的工作。后来，刘晓明先生和其他的同事知道我病了，希望我能请假休息，同时，由于我的坚持，他们也向我投来了赞赏的目光。能够得到整个团队的肯定和赞赏，我感到无比欣慰。我也明白，和刘晓明先生这样的一群中国朋友一起建设自己国家的新首都，是多么令人自豪的事情。

除了工作，在业余生活中我们的交流也有不少。每逢埃及的重要节日，我都会邀请刘晓明先生参加我们的聚餐活动。他常常提着自己购买的饮料，与我们一起品尝埃及美食。有时候，得知我们的某些食品是从超市购买的，他便要求自己付钱。他的这种慷慨大方的举动，让我感受到了中国朋友的优秀品质。

是的，我们已经不分彼此，我们就像兄弟，我们的团队本来就是一个大家庭。

汪卓玮非常看好我

穆斯塔法·萨义德·罕穆德

我叫穆斯塔法·萨义德·罕穆德，大学毕业后来到中建埃及新首都 CBD 项目工作，在直营三项目部担任电气工程师。在这里，我工作和生活得很愉快、很充实，不但学到了很多课本上没有的知识，更掌握了许多实用的工程技术，自己的综合能力取得了明显的进步。更重要的是，我在这里结交了很多中国朋友，其中汪卓玮先生和我友情最深。

汪卓玮先生是一个待人和善、知识渊博、专业能力很强的电气工程师，我们都习惯称呼他的英文名字 Roy。

作为刚毕业的大学生，能够来中建公司这样的大型跨国公司上班，参加 CBD 这样重大的项目，对我来说是非常荣幸的。记得刚到项目报到的时候，中国同事就非常热情地接待了我，向我详细介绍了工作内容，带着我了解了项目的基本情况，帮我领取了各种劳保用品，给我安排了宽敞明亮的宿舍，让我感受到一种家的温暖和幸福。每天早上上班的时候，我坐着大巴车，和中国朋友热情地打着招呼，在脑了里思考着一天要做的事情，感觉到从未有过的惬意和满足。我们部门每天都会开班前会议，布置和讨论这一天的工作任务。无论会上或会下，Roy 都会具体地指导我每一个工作细节，比如如何检查现场工作，如何核查图纸内容等。每次去现场的时候，他都会叮嘱我出门之前要注意观察车辆状况，戴好安全帽，穿好防护鞋，当心工地上的钉子和高空坠落物等危险情况。新冠疫情期间，他还每天都关心我的身体健康，叮嘱我要戴好口罩，做好防护，这让我感到十分温暖。

下班后，我回到干净卫生的宿舍，吃完饭后，躺在整洁舒适的床上，回想起 Roy 和同事们对我热情的照顾和耐心的帮助，内心美滋滋的，很快带着甜美的感觉进入梦乡。

后来，我在与其他中国同事的聊天中得知，Roy 在中国一所名牌大学先后取得了本科和研究生学历，在毕业之后来到中国建筑，在海外项目历练多年，现场经验非常丰富。我想，能够遇到这样的老师是多么幸运。

有这样的老师，我工作更努力了，业务越来越熟悉，经常得到周围同事的称赞和鼓励，尤其是来自 Roy 的。他说我会成为一名很优秀的电气工程师，非常看好我。

因为喜欢中国朋友，我也喜欢上中文和中国文化。我跟 Roy 学会了"你好""不客气""谢谢"等日常用语。和中国朋友聊天的时候，我就夹杂几句中文，他们感到非常高兴，这让彼此之间更加亲密。我还跟中国朋友了解了很多中国文化，我知道中国跟埃及一样有着古老而灿烂的文明，悠久而辉煌的历史。从他们那里，我知道了春节、端午节、中秋节等中国传统节日及其来历和习俗，充分感受到中国文化的博大精深和丰富多彩，因此而对中国更加心驰神往，希望有一天去那片土地看看。

中国朋友都知道，埃及人喜欢踢足球那是出了名的，我当然也不例外。新冠疫情暴发前，我经常和 Roy 等中国朋友一起踢球。足球成了我们友谊的催化剂，让我们的友谊更加深厚。

从 Roy 和其他中国朋友身上，我看到了一些非常宝贵的品质，那就是果敢坚毅、乐观进取。你看看，他们不远万里来到埃及，和我们一起建设埃及人民的新首都，无论遇到什么艰难困苦，从来没有退缩逃避，更不会悲观沮丧，而是坚定地朝着目标前进。

我和我的同胞都坚信，有中国朋友在，我们一定会将新首都建设得繁花似锦。我们一起努力吧，中国朋友！

张都是个爱学习的好朋友

艾哈迈德·苏莱曼

建设埃及新首都，对所有的埃及人来说，都是一件大事。所以，我也非常关注这件大事。2016 年，在埃及总统塞西和中国国家主席习近平的共同见证下，中国建筑工程总公司与埃及住建部签署了埃及新行政首都项目建设一揽子总承包框架合同。此后，我就一直紧盯着这个项目，因为我也想参与这个伟大工程的建设。

2017 年，埃及新首都 CBD 项目落地后，我在招聘网上看到了中建埃及分公司发布的招聘信息，就按捺不住激动的心情，第一时间提交了个人应聘简历。非常幸运，我很快接到了面试通知。

怀着既兴奋又忐忑的心情，我来到了新开罗一处别墅，那是当时中建埃及分公司的办公楼。走进办公室，我看到办公环境有点简陋，并不像我想象的那样富丽堂皇，根本不像一家国际大公司，但转念又想，这也许是他们初来乍到，还来不及装饰办公环境吧。

我在指定的面试地点等了大概 5 分钟的样子，面试官来了，一个和我差不多年龄的中国年轻人。那是我第一次和中国人用英语沟通，大概有点紧张吧，我已记不清当时的对话内容，但是我清楚地记得面试官和我一样都有些紧张。又过了几天，我接到了中建公司的录用通知，看到了通知后面的签名"张都"。这个名字非常好记，我上班后就一直叫他"DU"，后来，他成了我的第一个中国朋友。

项目前期，我和 DU 都在别墅楼同一层办公，他负责技术工作，而我则负责技术资料的收集和归档，也就是文控工作。他的英语不错，我们交流毫无障碍。我们经常在一起讨论有关资料提交和收集的问题，当然，我在工作中遇到任何问题和困难，都会在第一时间寻求他的帮助。

工作之余，我们还会一起关注世界各地的新闻，交流埃中两国的文化，分享埃及和中国美食，甚至谈论各自的家庭情况。

DU 是一个非常和善的人，对身边的每一个同事都很客气，都很热情，总是力所能及地帮助别人。新冠疫情暴发后，每个人的工作和生活都承受了极大的压力，DU 总是乐观地跟我们说："Everything will be fine!"（一些都会变好的！）

DU 还是一个非常爱学习的人。因为中午下班无法回家，我通常都是在办公室午休，其他中国同事一般都是回宿舍午休。而 DU 却经常一个人来到办公室学习，出于好奇，我问他在学什么。他说，正在准备中国一级建造师资格考试。我看到，一本又一本的厚书上面密密麻麻地写满了中文字符，对他的敬佩之情油然而生。功夫不负有心人，那一年他成功考取了一级建造师，我真为他而高兴。

时间过得很快，我们认识已经几年了，我们的友谊也像 CBD 的大楼一样越盖越高。我像中国同事一样，也注册了 QQ 和微信，并和 DU 互加了好友，即使我们不能每时每刻都在一起，但是我们可以随时随地保持联络。

我相信，我们的友谊不是即时的、短暂的，我们的友谊就像埃中两国的友谊一样天长地久，永不磨灭。

我们的友谊充实而快乐

默罕默德·玛莱吉

    我叫默罕默德·玛莱吉，是中建埃及新首都 CBD 项目 P2&P6 标段一名安全工程师。

    来 CBD 项目之前，我就一直在社交媒体上关注这个工程的动态，一直为这个工程庞大的规模和新颖的设计而着迷。直到有一天，我打开中建埃及分公司的网站，看到 CBD 项目招聘安全工程师，我便毫不犹豫地寄出了自己的应聘简历。

    几天后，我按照中建公司的通知来到 CBD 项目参加应聘面试，第一次见到主持面试的张中坤先生。他向我介绍了公司和 CBD 项目的情况，以及安全岗位的要求。我向他介绍了自己的工作简历，并根据他的提问回答了几个相应的问题。两天后，张中坤先生通知我被正式录用了，并要求我尽快来上班。

    这是一个令人激动的好消息，我很快办理了原公司的离职手续，以及 CBD 项目的入职手续。上班的第一天，张中坤先生接待了我，向我介绍了安全部的工作职能和人员分工，并给我安排了具体的工作岗位和工作任务。张中坤先生是安全部副经理，尽管年龄跟我差不多，但在职业安全与健康专业领域有着丰富的经验，尤其是现场管理经验。所以，此后我经常就工作中遇到的一些问题向他请教。

我还注意到，张中坤先生在工作上不但特别勤奋，而且十分认真，做事情一丝不苟，这些都是值得我学习的。应该说，他既是我的上级，也是我的老师，我跟着他学到了不少东西。

安全部的所有同事对我都十分友善，他们眼中没有埃及人和中国人之分，大家都是合作共事的伙伴。我们每天早上8点都要开一个30分钟的班前例会，讨论和安排一天的工作，然后大家分头行动，深入现场一直工作到中午。有时候，因为太忙碌，中午不能及时回来吃饭，张中坤和其他同事便会为我准备一份饭菜，等我回来吃。

说到吃，我正是从中国朋友给我准备的饭菜中，品尝到中国风味。这种独特的风味，我还是挺喜欢的。有时候，张中坤先生中午无法及时赶回来吃饭，我也会为他准备一份埃及饭菜。看得出，他很喜欢埃及美食。于是，我们俩就相约闲暇的时候，到开罗的中餐馆和埃及餐馆轮流品尝对方国家的美食。

相处的日子久了，我发现张中坤先生和我一样也是个足球迷，这样，我们俩的共同话题就更多了。我向他介绍了埃及著名的两个足球俱乐部——阿尔阿赫利俱乐部和扎马莱克足球俱乐部，以及他们的足球明星。张中坤先生也给我讲了不少中国足球队的情况，以及对他们的期望。有时候，我还会和张中坤先生一起观看足球比赛，一起为各自喜欢的球队呐喊加油。

张中坤先生和我还有一个共同爱好，就是喜欢谈论历史和文化，我们俩经常就各自国家的历史文化和风土人情相互交流。他希望有机会到埃及各地看看，我也希望有机会到中国旅游，这样我们对对方国家的了解就会更深入一些。为此，我们俩还交换着学习对方的语言，他教我中文，我教他阿拉伯语，尽管我们学得很慢，但是我们坚持不懈。

总之，和张中坤先生在一起的日子是非常充实的，非常快乐的，愿我们的友谊像埃中两国人民的友谊一样，坚如磐石，历久弥新。

张俊宁请我吃"新疆大盘鸡"

默罕默德·哈桑

　　我叫默罕默德·哈桑，是两个孩子的父亲。我来中建公司已经许多年了，一直是一名普通的汽车司机。每当亲戚朋友问起我的工作，我都会很自豪地跟他们说，我们中建公司是全球最大的建筑企业，在这里工作我非常开心。

　　我平时的任务主要是上班时将公司的同事送到工作岗位，比如埃及新首都 CBD、苏伊士运河平旋桥、泰达产业园，下班时再将他们接回生活营地。我的工作性质要求我必须确保驾驶安全，确保所有乘车人员安全地上下班，我要为他们的生命安全负责。

　　当然，除了驾驶工作外，我还必须承担其他一些任务，比如，中国同事回国前，都是我带着他们做核酸检测；他们离开或返回埃及，都是我驾车到机场接送；他们在生活上遇到的一些困难，我也会想办法帮助解决。总之，我所有的工作都与中国同事联系得非常紧密，这也让我也结识到不少中国朋友。

　　在我看来，中国人是非常温和又热情的。刚开始和中国同事相处时，感觉他们很腼腆，相处久了，就可以感受到他们的热情。为了在日常生活中能更好地与他们相处，我在网上查看了很多有关中国的视频，对中国有了一个初步的了解。中国和我们埃及一样，也是一个文明古国。中国地域辽阔，人口众多，一些地区和另外一些地区会有不同的方言和饮食习惯，56 个民族和睦相处，多元文化共存，彼此和谐包容，他们共同被称为中华民族。

　　我的中国朋友张俊宁知道我对中国文化很感兴趣后，便主动给我介绍一些有关中国正在发生的故事，比如中国的脱贫攻坚。中国曾经有过大量贫困人口，尤其是一些比较偏远的农村，对此，中国政府采取了许多精准扶贫措施，用实际行动帮助这些贫困人口摆脱贫穷。现在，中国全面消除绝对贫困，为全球减少贫困作出了巨大贡献，我认为这是一项非常了不起的成就。

　　有一次，张俊宁坐着我开的车赶往公司，一路上我们聊了很多。我告诉他，尽管我现在只是一名普通司机，但我不想一辈子到此为止，我还想进步，还想学更多的东西，我很想利用好现在的中文环境学习中文，提升自己。可是，中文太难学了，学习起来非常痛苦。张俊宁听到我的困惑后，便很热情地鼓励我："我可以教你中文，公司的每一位中国同事都可以教你中文。"于是，张俊宁成了我的第一个中文老师，其他中国同事也先后成了我的中文老师。

　　在张俊宁和其他中国同事的鼓励和帮助下，我开始大胆地讲起中文。每天早上，我和中国同事见面时都会相互用中文打招呼："早上好！你吃饭了吗？"我明白，这是中国人之间的基本问候语。我一直在努力地学习，尽管一开始只能讲一点点中文，但我相信只要坚持下去，我的中文一定会讲得越来越好。

　　我的努力和进步，好友张俊宁一直看在眼里。有一次，张俊宁对我说："你最近学习中文进步很快，我想请你到中国餐厅吃顿饭，庆祝庆祝。"我一直记得，我们到那家中国餐厅后，服务员端上来一盘鸡肉和土豆做成的菜，吃完后还可以加面条，味道非常可口。我问张俊宁这是什么菜，他告诉我这是"新疆大盘鸡"，来自中国西部新疆的一道菜。他还说，新疆是一个很美丽的地方，也是多民族聚居地区，不仅有美食，也有美丽的风景，希望有一天我能够去中国看看。

　　我记住了张俊宁的话，所以，我要更加努力地学好中文，希望有一天能够去中国看看，去新疆看看，品尝一下最地道的"新疆大盘鸡"。

"平转桥"让我们成了"铁杆朋友"

艾哈迈德·萨拉赫

      我叫艾哈迈德·萨拉赫,在埃及苏伊士运河双翼平旋铁路大桥(简称"平转桥")项目担任质量工程师,主要负责钢结构焊缝焊后探伤、报验等方面的工作。如今,项目已经交付使用,但这其间遇到的许多人,发生的许多事,无论过去多久,都值得我回味。

      最让我不能忘怀的是我们这支由埃中两国工程师组成的专业团队,特别是我们的项目经理范道红先生。如果没有他,我们的团队不会这么强大,我们的工程不会干得这么顺利。他是我们团队的灵魂,也是我最好的中国朋友,我们都亲切称呼他"Mr. Fan"。

      和许多来自中建公司的中国工程师一样,Mr. Fan 在钢结构领域有着丰富的经验,他带领的埃中工程师团队在钢结构施工过程中建立了一整套完备的管理流程和作业体系,在苏伊士河畔西奈半岛军事管理区这个特殊的地域,经受住了沙漠高温和疫情肆虐等严峻情况带来的非凡考验。

在"平转桥"项目施工中，作为一名质量工程师，我有时会遇到不同规范之间的"相互碰撞"，当我无法理解的时候，就会向 Mr. Fan 请教，他总会耐心地向我一一解释，并教我如何处理规范之间的"碰撞"。如果他觉得自己解释不清楚，他也会虚心地邀请其他工程师给我与他一起讲解，并将这些知识及时地与埃及监理及其他质量检查人员分享。他倡导的这种相互学习、相互分享的工作方法，既提高了现场施工效率，又保障了工程质量，也让大家学到了很多先进的施工技术。项目员工为此受益匪浅，我就是通过这种工作方法掌握了耐候钢超厚板现场焊接技术。

Mr. Fan 说，"平转桥"旧桥升级改造工程是一根非常难啃的硬骨头，我觉得这个比喻很贴切。为什么这么说呢？此次旧桥升级改造为全球首例，焊缝长度达 2 万米以上。

"平转桥"旧桥升级改造工程的工期非常紧，大家的压力非常大。为了追赶进度，Mr. Fan 带领埃中工程师团队一直坚守现场，白班夜班不停歇，节假日也不休息，紧紧地盯着每一道工序。

我所负责的工作是项目钢结构焊接无损检测，遇到问题，我会与中国同事一起讨论解决，并合理安排焊接、安装、测试和油漆等工序。我曾在 20 天内监督完成 1000 余吨钢结构的焊缝探伤及外观检查，并将全桥焊接接头做成动态更新表格，以便随时了解项目焊接的进展情况。我所完成的工作以及出具的检验报告，得到了 Mr. Fan 的认可和表扬，也获得了业主与监理的充分肯定。这对我的鼓励很大，我觉得所有的付出非常值得。

经过短短半年的艰苦努力，我们如期完成了"平转桥"旧桥升级改造工程主体结构的全部焊接工作，至此，世界级钢结构桥梁的升级改造难题得到了彻底解决。

　　"平转桥"旧桥的升级改造难题解决了，但是，"平转桥"新桥的施工也并不轻松，同样遇到了不少技术难题，尤其是桥塔部位节点与下弦耐候钢厚板的现场焊接，可以说是难上加难。由于运输条件限制，这根构件采取地面拼装、整体吊装的方案进行安装。为了保证安装顺利，Mr. Fan 带领埃中工程师团队多次组织焊前交流讨论，研究部署施工方案。我们考虑到项目地处沙漠，气温偏差大，最终决定 24 小时不间断焊接，经过连续 4 天 4 夜不间断地施工，最终顺利完成此次焊接任务，并且达到探伤合格率 100% 的质量效果。

　　"平转桥"项目施工期间，正是埃及新冠疫情严峻的时候。Mr. Fan 带领埃中两国员工积极防疫抗疫，做好各项防护措施，对生活区和办公区定时消杀，保护了每一位员工的生命安全。

　　和 Mr. Fan 在一起的时候，他比谁都忙，但我们常常也会利用闲暇时间就许多埃中文化话题进行交流。和他交流后，我发现在家庭与婚姻方面，埃及人和中国人几乎没有什么差别。比如，小伙子都要努力工作，争取买一套婚房，在得到双方家长的认可后登记结婚，然后举行婚礼，赠送嫁妆，宴请双方亲友，才算正式结成伴侣组成家庭；还有，中国是茶叶的原产地，中国人对喝茶非常讲究，而埃及人过去喜欢喝咖啡，现在也非常喜欢喝茶，埃及每年要进口不少中国茶叶；中国人的烹饪技术非常有名，而埃及人的烹饪技术也不差，我品尝过 Mr. Fan 亲手做的中国美食，Mr. Fan 也品尝过我亲手做的埃及美食，我们彼此相互欣赏。

　　Mr. Fan 经常会给我讲些中国历史，我也会给他讲些埃及历史，而埃及和中国都是文明古国，这种感觉就像两个古老的文明在进行对话，非常奇妙。Mr. Fan 也会给我讲一些中国新闻时事，特别是中国倡导的"一带一路"建设，让我了解到这个伟大的倡议，将通过庞大的基础设施建设连通亚欧非等大洲，向世界各国敞开怀抱，让全世界紧紧地联系在一起，为人类的未来勾画出美好的前景。现在，中国的"一带一路"倡议与埃及"2030年愿景"实现了无缝对接，埃及新首都CBD、阿拉曼新城等一大批项目，就是埃中产能合作的新成果。我为自己有幸参加这些伟大工程的建设倍感自豪，我要为埃中两国的友好合作，为埃及的现代化建设贡献自己的一份力量。

时光飞逝，"平转桥"项目完成后，Mr. Fan就要回到他遥远的祖国了，我十分不舍。Mr. Fan深情地对我说，希望我有一天能够到中国旅游，他会陪着我游览中国的名胜古迹和现代化的商业街市。我也十分向往中国，期待着那一天早点到来。

后　记

为庆祝中埃两国建交65周年，中建埃及分公司于2021年6月12日至8月10日期间，开展了一场声势浩大的"我和我的中国朋友"征文大赛。广大埃及籍员工与合作伙伴，以及中建在埃及各界的老朋友积极响应，踊跃投稿。截至征文大赛结束时，我们共收到投稿100余篇。2023年适逢"一带一路"倡议十周年，我们又向广大埃及籍员工和合作伙伴征集了数十篇"我和我的中国朋友"合作共建"一带一路"的文稿。经过认真筛选，我们将两次征文中比较优秀的60篇汇辑成《大漠情深：我和我的中国朋友》一书。

征文大赛正值生产高峰期，大家在繁忙的工作之余偷闲写稿，精神感人，在此向所有应征参赛人员表示感谢！

本书插图除了使用作者提供的图片外，还大量使用了王广滨、黎炳宏、鞠众、李俊远、陈坤、杨旭东、刘俞、李增辉、臧赫等同事提供的图片，在此一并致谢！本书在编辑过程中得到资深阿拉伯语翻译忽扶顺先生和李进孝先生的大力支持和帮助，在此表示诚挚谢意！

征文大赛的评选以及本书的翻译与审校得到了艾因夏姆斯大学中文系教授、孔子学院外方院长、"一带一路"研究中心主任、著名汉学家伊斯拉·阿卜杜赛义德教授的特别支持和帮助，在此致以深深的谢意！

埃中友好协会主席艾哈迈德·瓦利先生、中国对外承包工程商会会长房秋晨先生在百忙之中为本书撰写序言，在此向他们表示崇高敬意和特别感谢！

我们希望这本书的出版能为中埃友谊略尽绵薄贡献，愿伟大的中埃友谊世代相传、万古长青！

本书编辑组

2023 年 11 月

图书在版编目（CIP）数据

大漠情深：我和我的中国朋友 / 中国建筑股份有限
公司埃及分公司编；(埃及) 拉妮姆·马哈尔·法拉格阿
拉等译. -- 北京：外文出版社, 2024. 6. -- ISBN 978-
7-119-14006-3

Ⅰ. Ⅰ267.1

中国国家版本馆CIP数据核字第20243C4L87号

出版指导：胡开敏
出版统筹：文　芳
责任编辑：熊冰帧　苏佳钰
中文翻译：拉妮姆·马哈尔·法拉格阿拉　奥马尔·艾哈迈德·戈巴希·拉斯兰
　　　　　诺拉·夏泽利　苏阿德·萨米·阿卜杜·赛义德·哈桑
装帧设计：一瓢文化·邱特聪
印刷监制：章云天

大漠情深
我和我的中国朋友

中国建筑股份有限公司埃及分公司 编

© 2024外文出版社有限责任公司
出 版 人：胡开敏
出版发行：外文出版社有限责任公司
地　　址：中国北京西城区百万庄大街 24 号　　　　邮政编码：100037
网　　址：http://www.flp.com.cn　　　　　　　　电子邮箱：flp@cipg.org.cn
电　　话：008610-68320579（总编室）　　　　　008610-68996144（编辑部）
　　　　　008610-68995852（发行部）　　　　　008610-68996183（投稿电话）
制　　版：北京维诺传媒文化有限公司
印　　刷：文畅阁印刷有限公司
经　　销：新华书店 / 外文书店
开　　本：710mm×1000mm　1/16　　　　　　印　　张：14.75　字　　数：165 千字
版　　次：2024 年 6 月第 1 版第 1 次印刷
书　　号：ISBN 978-7-119-14006-3
定　　价：68.00 元